曾焱冰

著

# 你是这世间所有的美妙

You're
the Best Thing

That Ever

Happened
to Me

天津出版传媒集团

天津人民出版社

果麦文化 出品

*To My Dear Daughter*

给我的女儿小叶子

人生皆苦，你是甜的

本书插图由作者亲绘

再普通的孩子身上都有无数闪光点，发现它们，

并用双手呵护住这微光，

让它成为属于孩子自己的「高光时刻」。

那些花草树木、昆虫山水的记忆，一直伴着我成长，
时而给我无限温柔的回味，时而带来解忧治愈的安慰。

希望你可以从花草树木、日出日落、海洋河流、一首乐曲、一幅画或一种食物中，
体会到美感，获得享受和慰藉。

要有让自己快乐的能力。

即使一个人，也可以从阅读、手作、家务、兴趣爱好，甚至周遭自然环境中获得乐趣，而不会轻易被『空虚』『无聊』和『不安』所裹挟。

哪怕说儿童审美和成人审美在一些方面有区别，那也不应该是粗糙和精致的区别、粗俗和优雅的区别。

我们不能简单粗暴地用色彩和对可爱刻板的诠释，去呈现对儿童世界的理解。

看着她，经常也会觉得爱她爱得无以复加，

但又时刻感到与她有一种微妙的距离，

这种距离，拥抱也无法消解，亲吻也不能，这就是两个"人"之间的距离。


不可逾越，也不必逾越。

人的一生可以有无数选择，
怎样都有可能得到幸福和快乐。

但我依然希望她在年幼的时候，
可以学会认真地去做事，可以坚持，
并在努力后获得快乐的感受。

*You're
the Best Thing*

*That Ever*

*Happened
to Me*

# 目录

序　言　美，是生命中最好的东西

第一章　在日常生活中积攒美感

独处，是一生的能力 003

学会和单调相处 009

爱书的孩子不会寂寞 013

给心灵一个避难所 018

让自己好看 023

"公主病病房" 029

用心的礼物     036

好听的话      041

属于自己的高光时刻   047

第二章  发现餐桌上的美

一起布置餐桌吧    053

给孩子用好的餐具   057

厨房，是我们的游乐场  061

童书里的魔力餐桌   066

不被打扰的孩子才懂得安静    074

餐桌礼法有道理    079


第三章    从自然中感受美


你看，多美！    087

植物会向光生长，人也一样    092

到自然中去    097

画远处山色，画近处水声    104

一百种颜色的"富养"    110

自然，是永恒的慰藉    115


第四章    一起开启旅途之美


每年生日的小旅行    121

看不一样的人和生活    128

博物馆能有多好玩      133

走到美术馆中去      137

你看木乃伊，我看瓷器      141

博物馆商店奇旅      145

上飞机前，做好这些准备      149

第五章      是你，让我懂得了这些美好

佛手打开是蜜桃      163

成长，是一场漫长的告别      172

对你严格，先克服我的懒惰      178

抱抱曾经的自己      183

"熊孩子"还是"熊大人"？      189

也给坏情绪找一个出口      195

我的时间和她的时间      199

# 序　言

## 美，是生命中最好的东西

亲爱的叶子，在我开始动笔写这本书的时候，你刚刚七岁，写完时，你已经九岁了。

你经常问我在写什么，我说是关于你的一些故事，每一个都很美。然后你问我："那你小时候有什么故事呢？"

于是，我会给你讲，小时候我住在后海边的一个大杂院里，那是我姥姥家。院子里有一棵很大的香椿树，春天时我舅舅会用竹竿够下香椿芽，分给邻居们做香椿炒鸡蛋。夏天时，石榴树和金银花会开花。到了秋天，葡萄架上就有了一串一串的紫葡萄，石榴也结出了果实，放学就能吃到姥姥剥好的石榴籽了，满满一大碗，冒着尖儿。那时候家里没什么好看的家具，但姥姥的屋子总是干干净净的。洗旧了的床单铺得平平整整，桌子上有桌布，茶盘里永远有一壶凉好了的白开水，四个印着花的玻璃杯洗得锃亮。

我经常趁午休时悄悄溜出去，跑到后海。正午的阳光洒在水面上，我躲在树荫下，听着蝉鸣，看湖面一片闪闪亮亮的波光。

到了傍晚，湖面又是另一番景象。一次，我沿着后海南沿往东走，快到银锭桥时，偶然回头一望，瞬间被眼前一片火红的落日惊呆了。远处被染红的天空，和湖面倒映的夕阳连成一片，水波荡漾，宛如火焰舔舐着天堂。

那片湖是我童年最美的记忆之一，掺杂着一日光景的变化和四季的变迁，周遭老街坊的人情与成长中无尽的欢乐、忧伤和幻想。

和你相比，小时候我的父母很少能带我远游。十岁时我才第一次出远门，全家一起坐了三天三夜的火车去了四川。到达的第一晚，躺在漆黑的屋子里，觉得那张架着蚊帐的大床依然在呼隆呼隆地向前飞驰着。

你一定很惊讶，我二十四岁才第一次坐飞机，二十五岁才第一次出国看看。而你八个月时就已经和我们一起飞去成都，一岁就踏出了国门，小学二年级，你就已经看过了大英博物馆和梵蒂冈教堂，去过了北欧和东南亚的很多国家。

但那时的我也并不寂寞，我经常去北海公园、景山，也去故宫、陶然亭。在像你这么大的时候，好几个暑假，我都和妈妈一起住在颐和园里疗养，那是北师大对从事放射化学科研的教职工的一种福利。我因此熟悉颐和园的每个角落，每段长廊上的故事，可以随意看湖中的荷花，在西堤漫步，在后湖游泳，更可以一天几次爬上佛香阁……

我三年级那年，家搬到了北师大校园的大院里，这和住胡同是完全不一样的氛围。让我高兴的倒不是住进了一套两居室的单元房，而是再也不用跑去上臭气熏天的公共厕所了。

屋子里依然朴素，但从窗户望出去，正好是师大生物系的植物园。那里有很多神秘的白色温棚，夏天有满园盛开的玫瑰花。后来我发现，植物园围墙的铁丝网上有个破洞，于是经常从那钻进去，一个人在花丛间玩耍，寻找瓢虫，捉蜻蜓、蝴蝶、蚂蚱。常常猛地站起时，眼前一片眩晕，才意识到自己已经被强烈的阳光暴晒了好几个小时了。

我小时候的故事里没有迪士尼游乐园，没有 3D 电影院，没有电脑游戏，没有五花八门漂亮的室内游乐场，但有很多不一样的美且自由的时光。那些花草树木、昆虫山水的记忆，一直伴着我成长，时而给我无限温柔的回味，时而带来解忧治愈的安慰。

我的故事里也没有像你那样拥有那么多的新衣裳。每年大年三十儿晚上，我爸爸，就是你姥爷，都要在缝纫机前熬上一整夜，初一一早，让姐姐和我，还有表妹，三个姑娘都穿上他做的新衣裳。而这衣裳，为了能多穿几年，通常又肥又大，三个邋遢女孩站成一排，有一种如出一辙的喜感。

我大学学了服装设计，在缝纫机前做活儿时经常会想起你姥爷熬的那些个除夕夜。窗外是热闹的鞭炮声和绽放的烟花，屋内是他脚下嗒嗒嗒猛踏缝纫机的节奏。三个小姑娘身上的新衣，凝聚着这位化学教授多少温暖的爱意。

小时候我最常吃的菜是白菜，最常见的主食是面条、馒头、饺子和馅饼。叶子，你一定记得，我带你去逛过的各种菜市场，那么多蔬菜水果，那么多鱼虾肉类，那么多奶酪火腿，还有好多食物我们都叫不出名字，但在我小的时候，北方冬日的菜店里灰扑扑一片，关于食物的原始记忆，我肯定比你贫瘠而匮乏。但慢慢地，你会发现，食物会带来一种最神奇的感官体验，色、香、味中可以承载你所有的过往、记忆，可以激发你所有的想象、热情。对我，是这样，对你，更会是这样。

现在小朋友被各种各样的课程包围，我小时候唯一上过的课外班是美术班，因此才有了自己第一套十二色的水彩笔。十二个颜色，在今天看来多么可怜，但对那时候的我来说是一整片彩色的天空。我每天拿着画笔走去上课，回家时给妈妈看看画了什么。我妈妈，也就是你姥姥，似乎对我从来没太多要求，画什么她都说真好。

上中学后，我还在画画。美术老师会把他办公室的钥匙给我，让我随时可以去。有时我翘了数学课，躲进那里画画，美术老师也只是像平常一样温和地说："好，你就在这儿画吧。"

叶子，你一定怀疑，怎么会有这样的老师？还会问，"然后呢……"然后，就没有然后了。或者说，然后，画画一直是我心里既自由又热爱的一件事。你的一生中也会遇到一些不一样的老师，他们的一句话，或许也会为你开启一片不一样的天空。

你很喜欢听我讲自己小时候的故事，作为妈妈，我也愿意把自己的成长经历说给你听。这其中有很多有趣的比较，但一切又不仅仅是简单的对比。我们所处的时代相差了几乎四十年，社会在发展，文明在进步，人的意识在改变，人们追求的价值和生活的形态也变得完全不同了。但你知道吗？小叶子，我依然试图从我的成长经历中找出一些线索，找出那些人性与美好中亘古不变的传承，也找到那些我认为非常重要的价值和能力。

于是我一次次审视自己四十多年平凡的生命历程，我问自己，是什么让宽容和接纳成为内心的一部分？是什么最终长成了身体里的勇敢和坚强？是什么让眼睛可以发现细微的美好，让头脑不断思考？又是什么可以抚慰伤痛，让生命中的创口可以被温柔治愈？

那些在脑海里反复跳出的画面让我似乎找到了一些踪迹，于是我试图用文字梳理记忆中纷繁的信息与你的童年之间的联系。

我看到了从食物中可以感知生活的温度，持续发现细微的乐趣；看到了在旅途中能了解不一样的人和文化，懂得宽容和接纳；看到了从自然中人类可以永恒得到的慰藉；看到了在独处中思考的力量与感受安静之美的重要；更看到了若能用心真切地感知生命，便能"摆脱生活表面的相似"（引自王朔《致女儿书》），找到自身更丰富的存在价值……

当然，叶子，即使我最终找到千百万个有理有据的答案，也无法保证这些会和你的成长产生必然的联系。我想，这就像将一部电影快进，让你提前看到结局，是一种剧透，也是一种有选择的思考和接受。

诗人阿多尼斯说，"童年是让你能够忍受暮年的那股力量"。

人的一生会经历很多，快乐、悲伤、富有、贫穷、踌躇满志、黯然神伤……我和你的父亲能给予你的，除了少时基础的教育、一时的衣食住行、并不永恒的陪伴和爱之外，还希望给你一样很宝贵的东西——对美的感受能力。

要知道，美，是生命中最好的东西。我写下了这些文字，希望你可以从花草树木、日出日落、海洋河流、一首乐曲、一幅画或一种食物中，体会到美感，获得享受和慰藉，当你的感知足够丰盛，你便具有了一种强大的力量，可以在面对人生起伏时，永远有一份储备的能量。

二〇二一年三月
于北京

# 第一章
## 在日常生活中积攒美感

You're
the Best Thing

That Ever

Happened
to Me

## 独处，是一生的能力

叶子五岁时就经常和我探讨一些"人生大问题"。比如，她说："妈妈，我长大以后不想结婚可以吗？"

当然可以了！实际上，对于她所有的"重大人生规划"，我都会蹲下来看着她的眼睛认真地这样说。然后再聊聊为什么。就像那天我问她："你不是挺想穿新娘子的裙子吗？"

"新娘子的裙子是挺好看的，可我不想结婚。我只想让男朋友住在咱们家隔壁，我想看他的时候，他就来玩，不想的时候，他就回自己家去……"

我们这一代做父母的人，不知道将来是否还会对孩子的婚姻抱有执念，单身是不是会被更广泛地认同，是不是能够不再以"是否结婚"作为评判人成功、幸福的标准？但我想探讨的，是比结不结婚更重要的问题——一个人独处的能力。

九十岁的日本心理医生恒子奶奶在《人间值得》这本书里反复强调，"人的一生基本上是一个人在生活"。

这个观点我应该是到四十岁之后才彻底理解的。我们的一生看似热热闹闹，有父母、朋友、亲人、同事，大多数也会有爱人、孩子，但在这些与人交织的关系中，最核心的，始终只是和自己相处。

一个人能享受独处的乐趣，才能足够爱自己，并具备独立的人格和思考能力。即便一个人，也不会感到不安和恐惧，不会因为无聊而去寻求一些"并非出于本意"的人际关系，更不会去依赖诸如药物、娱乐、刺激等任何能麻痹心灵或转移注意力的东西。

要知道，并非孤独的人才需要独处的能力，反过来，善于独处，也并不会让人更加孤独。恒子奶奶有两个儿子，也有好几个孙子，并和他们住得很近。她一生都没停止工作，有很多朋友和同事围绕身边。但正是她一直在心里建立的这种"一个人"的心理立场，让她可以和两个儿子保持最佳的距离，从而收获了良好的亲情关系和婆媳关系，也让她对朋友和同事不抱有强烈的愿望或期待，这样人际关系的亲疏远近就不会影响她的心情。恒子奶奶的这种"孤独的立场"在给自己自由的同时，也给周围人带来了很多自在和欢乐。

对叶子来说，现在给她讲这些肯定是太早的，但养成"独处的能力"应该从小开始。要知道孩子再小，也和大人一样，需要与自己相处的时间——这段时间完全由他们自己掌控，不可触碰的是手机、iPad、电脑、电视，其他无论读书，还是自己玩游戏、运动、画画、发呆或无所事事，怎样都好……当他们学会了自我安排和消遣，学会了如何面对一个人的时光，能做到"即使一个人，也可以过好这一生"时，再去考虑结不结婚的问题，就只是生命中一个水到渠成的抉择而已。

独处，首先意味着要有让自己快乐的能力。即使一个人，也可以从阅读、手作、家务、兴趣爱好甚至周遭自然环境中获得乐趣，而不会轻易被"空虚""无聊"和"不安"所裹挟。一个人能不断发掘乐趣，必须具备强大的感知力和探索能力，再平淡的生活，在他们眼睛里，也会闪耀出璀璨的光斑。所谓拥有"有趣的灵魂"，说的应该就是这样的人吧。

独处，同样是一种自我约束的能力。你会注意到，那些无法独自好好生活的人，往往也没法担负细致而系统的工作。这一点在心理学家米哈里·契克森米哈赖的心流理论中也有提到："学习运用独处的时间在童年时期就很重要。十来岁的孩子若不能忍受孤单，成年后就没有资格担负需要郑重其事准备的工作。"也就是说，只有在独处时也能掌控自己注意力的孩子，才能慢慢建立起自己的心灵程序，"不需要靠文明生活的支持——亦即不需要借助他人、工作、电视、剧场规划他的注意力，就能达到心流状态"。

时尚大帝卡尔·拉格斐"热爱人群，更热爱孤独"的性格便得自于他的童年。在卡尔的记忆中，母亲总是喜欢一个人坐在沙发上读书，对他的要求经常也是"安安静静地看书或画画"。卡尔在成年后的工作和生活中，同样保留了这种独处的习惯。他说："创意工作者必须透过独处让自己充电，整天活在聚光灯前是无法创作的，对我来说，孤独是种胜利。"

此外，学会独处还意味着让人能够不轻易妥协和依附于他人。要知道，孤独不是坏事，不是羞耻，更不是凄惨。意识到这一点，对人很重要，对一个女孩子更加重要。

恒子奶奶说，"为了不让自己感觉孤独，人会努力与别人建立关系，并试图密不可分。由于不是出于本意的交往，结果只是给自己增加压力。"这也是我们经常看到一些婚恋关系失败的核心原因，因为惧怕孤独，不能接受自己与自己相处，从而去盲目寻找并依赖另一个人。在其他社交领域也是同样，因为不能接受一个人独处而去拼命交朋友、上社交网络，但这种并非真正需要的社交，只会让内心更加疲惫和痛苦。

所以说，只有在能面对孤独的时候，一个人才能听到自己内心的声音，才能发现真实的乐趣，并理清内心的秩序，从而成为真正的自己，拥有自由的灵魂。

独处，是人一生的能力，也是让我们过好一生最重要的底气。

# 学会和单调相处

二〇二〇年立春之后，忽然下起了一场大雪，对这场雪记忆深刻并不是因为它的美，而是因为站在窗前的那个小小的身影。

就是这一年，突然袭来的新冠疫情改变了整个世界，当时正是二月政府号召全民宅家的时期，小叶子看到下雪，从最初的兴奋到自觉放弃出门的念头，只是短短几分钟。她的小脸贴在玻璃窗上，对着窗外纷飞的大雪与自由，向往又惆怅。

据说病毒将和人类共生，那么我们的生活方式是不是也将彻底被改变？那些永不寂寞的城市欢愉景象渐渐冷却，人们会更珍惜健康的饮食起居。物质欲望堆砌起的繁华泡沫一点点消退，人们会逐渐意识到买买买了再多的东西，最重要的依然是明天的面包和青菜，是干净的饮用水和让自己躲避风雨的屋檐……

看着孩子在窗前落寞的背影，也让我开始思考很多之前从没认真想过的问题，比如，如何面对生活平淡乏味的部分？如何让孩子学会忍受寂寞？如何在各种境遇中仍保持内心平静的生活？

哲学家罗素说："幸福的生活在很大程度上一定是一种平静的生活，因为真正的快乐只能常驻在平静的环境里。"他曾严厉地批评现代的父母，"忍受多少有些单调的生活的能力是一种在儿童时期就应该培养起来的能力，而现代的父母们给孩子提供了太多被动的娱乐活动，比如看电影，吃美食。他们没有认识到，除了极少数重要时刻，对于孩子来说，能过日复一日的平淡生活是很重要的。"

确实，作为妈妈，总想尽力给孩子更精彩的生活。去旅行、看展览、去游乐场、参加假日儿童营……总希望通过自己的努力，让她不会感到片刻无聊，让她了解更多世间美妙。却忽略了一点，当她的时间被动地被安排满后，她自我发掘乐趣的原动力会不会被埋没？当我们无法再为子女安排一切时，面对平淡庸常的生活，他们会不会无所适从？就如这个冬天，该让孩子用什么去填满自己内心的空白呢？快乐总是稍纵即逝，如果不能平静地与漫长单调的时光相处，而去追求刺激的行为，很容易就会跑偏。

　　不仅仅是孩子，我们又何尝不是如此？为了摆脱无聊，过度追求兴奋，反而更容易精疲力竭。要想生活快乐，确实应该具备一定的对烦闷的耐受力，而这往往是被忽略的。

　　刚刚居家隔离的那段时间，我每天起床的标准姿势是——马上抓起手机，看各种消息，和叶子爸爸讨论，一整天情绪都是在"感动死了……气死了……感动死了……气死了"中来回波动。后来，忽然有一刻我意识到，这种对外部世界一切琐碎信息所表现出的强烈关注，不正是无法忍受平淡、内心空虚的表现吗？

于是我扔下手机，重新静心写作、阅读、绘画，让内心恢复秩序。渐渐地，焦虑的情绪不见了，内心的烦躁指数也降低了。在我安静做自己事情的时候，叶子也会沉浸在她的小世界中：看书、DIY盲盒、画手账，给她的小乌龟造一座花园，让它晒太阳，甚至还弹琴给它听……

在失去娱乐外援的时候，我们才会从心灵内寻找乐趣，于孤独和平凡中创造精彩。要承认，平淡是生活的常态，就像所有伟大的著作都有乏味的部分，任何精彩的人生，也都有漫长无聊的岁月。而人们正是耐心品味过这种平淡后，才有力量去改变，才能更好地体会高潮处的精彩。

## 爱书的孩子不会寂寞

小时候宅在家里，我最爱做的事是用被子、枕头在床上搭出一个小窝儿，把所有的故事书、小人书、作文选统统摆在小窝儿周围，一本一本慢慢看。很多年后，在旧物堆里看到一本《张天翼童话选》，浅绿色的封面上有黄色线条勾勒出的叶片。翻开发黄的书页，那些窝在小窝儿看书的情景立刻又浮现在我眼前——时光缓慢而悠长，屋子里静悄悄的，阳光从玻璃窗透进来，无声地洒在桌面上、地板上，依稀还能听到远处操场上大喇叭里响起的音乐声……

后来我告诉叶子我的小窝儿的故事。她也喜欢在床上用被子枕头搭窝儿，也爱把一摞摞书放在旁边慢慢翻看。她同样看过《大林和小林》《秃秃大王》，但她更爱《玛蒂娜的故事》《神奇图书馆》；我小时候迷恋的横版小开本《加菲猫》，她有整整三大套；我只有一本并视若珍宝的《丁丁历险记》，她拥有带着红色函套的原文纪念版。

叶子从小就有自己的书架，上面有各种简单的绘本，带拼音的书，各种故事书。她有两项自由——买书自由和买画笔自由。这源自我内心深处一种既不科学又很固执的认识，如果触手可及的地方就有书，有笔，有颜料，那阅读、书写、绘画终将成为其自然而然的消遣习惯。

是的，阅读是一种消遣，也是一种抚慰。在独处的时候，在生活或平静或喧嚣的时候，在人生的逆境或顺境，它能带给你一份心灵的安稳。透过书籍，可以让人获得知识和经验，可以了解那些不同的人生并看到更复杂的人性，可以读到与自己相似的困境、疑惑或从未触及的境遇。它能让人获得思考的能力，拥有更高的眼界、更浓厚的探索欲和一种对他人的宽容、同情与理解。

不过，让孩子拥有阅读的能力并非一件容易的事。电影、电视、无处不在的音频视频，让人接收信息和"听故事"的方式都发生了彻底的改变，这是时代所趋，也是我们无法对抗的事实。在这样的时代，孩子们还能养成阅读的习惯吗？阅读的能力会不会渐渐从他们身上消失？

我想我也没有找到答案，只能试着去做自己认为有用的事。

无论是在现在居住的租来的小家，还是新装修好的房子，书架都占据视觉的核心。用更多的时间沉浸在阅读中，把读到的有趣的片段分享给她听，这是不是会让她感受到阅读的无限乐趣？

从叶子很小的时候起，带她出去逛街必去的就是书店。她会流连在儿童阅读区，从那些五颜六色的书籍中挑选几本，在角落里席地而坐，看上很久。书店里安静阅读的人、纸张油墨发出的书香、轻抚书页温柔的触感……这样的氛围会不会也让她着迷？这种五感沉浸式的愉悦，是否能最直接地吸引她去了解更多书中的奥秘？

我希望对她而言，阅读既不是"书中自有颜如玉，书中自有黄金屋"的功利行为，也不是标榜气质格调的"贴金"。阅读就像找朋友，去体会那种在茫茫人海之中，邂逅与自己心意相通的人的快乐与狂喜。

我会告诉她书架上堆满的书也不一定都要读完，就像不是每一个人都能气味相投，和这个谈不来，再去认识下一个也好。哲学家弗朗西斯·培根也曾经说："有些书需要品味，另一些需要囫囵吞枣，还有少数则需要咀嚼和消化。"看不下去的书先放下，没准儿过一段时间，又会对之前无感的书产生新的兴趣。只要有这种"寻找"下去的动力，就会一直发现书中隐藏的惊喜。

我还期待最终她会喜欢上文字的美感。这种美不是听人读故事或看剧能够得到的情节、音律上的吸引，而是纯粹看到一个一个字组成词语句子、一段一段文字组成有节奏的段落后所散发出的魔力。这种美，是阅读能获得的最纯粹的美。

我知道这一切只是我一厢情愿的希望，最终她是否能够将阅读当成最好的陪伴，是否能得到阅读灵性的召唤都不得而知。此刻，我们一起做的只是外出旅行时，分别找一两本自己喜欢的书放入行囊，出去野餐，也会带上一本轻松好读的书，更多的时候，是我在书桌前，她在沙发上，静静地翻各自的书籍，那一刻，屋子里静悄悄的，时光缓慢而悠长……

## 给心灵一个避难所

在网上看到意大利国家交响乐团首席小提琴家 Aldo Cicchini 于疫情隔离期间，在阳台上为一岁的宝宝演奏《Manha de Carnaval（清晨嘉年华）》的视频，由于他所处居民楼为环形设计，宛如天然的音乐厅，不少邻居都走到自家阳台欣赏，鼓掌喝彩。

差不多同时期，坐在窗边演奏的还有旅德大提琴家冯尧，他与德国各地的音乐家一起打开窗户演奏《欢乐颂》，互相鼓舞，艺术的慰藉与力量直抵人心。

艺术在人类面对病痛、战争和灾难时，从未缺席。在这些严峻的考验中，沉浸在音乐、美术、文学、绘画、舞蹈等这些美的世界里，总可以让我们看到希望和梦想。即使于平凡的日常生活中，面对每日恐怖的社会新闻、应对繁重的精神和肉体双重压力，艺术也同样是人们排解焦虑和忧愁的出口。

对孩子来说也不例外。在《心是孤独的猎手》中，那个叫米克的小姑娘把自己的生活划分为"外屋"和"里屋"。每天上学、照顾弟妹这些要应付的生活琐事是"外屋"，而她内心所爱的音乐和对音乐的梦想则是"里屋"。她想通过维护自己的内心世界来对抗她不得不面对的现实。

这应该也是很多人真实的写照。在我们内心深处，都需要有一个这样的"里屋"，这是一座属于自己的"心灵避难所"。

当我们面对的世界越来越无常，如果内心一片荒芜，所有的快乐和平静都是建立在一些具体的人或物的基础上，那当外部世界忽然改变或坍塌时，我们的内心也将脆弱得不堪一击。这与储备金钱、食物与药品同等重要，是一个人心灵能量的补给和对精神世界的庇护。

艺术教育的目的，恰是积累和丰富人的感知能力，多一种认知世界的角度，多一个可以随意表达快乐、忧伤、痛苦的途径。它是在任何嘈杂混乱的情绪中，让内心平静的镇静剂，它是一种语言，又是无须语言即能达成的沟通，就像 Aldo Cicchini 的阳台演奏，就像冯尧推开那扇透明的窗户。

二〇一八年暑假，带叶子去英国玩儿，在曼彻斯特的一个花园里，有一间满是绿植的房间，里面有一架古老的钢琴，每个人都可以坐过去弹弹喜欢的曲子。叶子和平时一样怂，只是站着看，但我看出她很想去弹，便鼓励她试试。她坐在钢琴前，认真地弹完了《萨拉班德舞曲》，旁边的观众都为她鼓掌，那一刻我真的激动得想哭，这不正是我希望的样子吗？

但更多的时候，是叶子对练琴感到厌恶，或没一会儿就扔下画笔也扔下耐心。每当这种时刻，我总希望能有什么方式让她继续，不是为了考级，也不是为了虚荣心，只是想让她拥有这项技能，从而多一种表达的方式，多一种人生的可能性。

我甚至也尝试"把自己关进笼子做作业"。我也画画，也写字，也不厌其烦地打卡完成作业，并听取老师的点评，有时是鼓励，有时是指正，就和她面对的学习过程一模一样。

这并不是作秀，也不是心机，而是让年少时埋藏在我心里的那颗种子重新发芽。是此时此刻，我和叶子可以共有的成长。

她尚年幼，对"艺术的学习"这件事看到的只是枯燥单调的日复一日，而这种子在我身上已沉睡多年，一旦被唤醒，生长出来的是花朵，是果实，是无穷无尽的乐趣。我一厢情愿地认为，这对她就如同电影快放，提前看到结局——在漫长的岁月之后，她也可以享受到如我感受到的那份甜美。

就像海明威所说："假如你有幸年轻时在巴黎生活过，那么你此后一生中不论去到哪里她都与你同在，因为巴黎是一席流动的盛宴。"

同样，丰富的对美的感知能力也是伴随孩子一生最好的礼物，让他们将来无论面对怎样的困境，总能找到内心的"安全地带"，这是一份美好而永恒的陪伴，也是一座可以接纳自己内心的永恒的"心灵避难所"。

## 让自己好看

　　叶子上完芭蕾课，说她很想吃意面。于是我就近带她去了一家意大利餐厅，这是一家优雅时髦的餐厅，我们一家人曾在这里吃过新年晚餐，朋友聚会也来过这里几次。

　　落座后，小叶子却显得有些不安。她小声和我说："我开衫的领口能看出里面还穿着跳舞的练功服呢，丝袜也是跳舞穿的，太不适合这里了……"

　　我安慰她："没关系，中午吃饭很简单，不用穿得那么正式。你看旁边的姐姐不也穿着牛仔裤帽衫就来了吗？"

小叶子悄悄看了看，稍微踏实一些。但明显是很快地吃完了眼前那盘奶油蘑菇面，就催我赶紧结账离开了。

在她的脑海里，可能还留存着新年夜餐厅长桌上跳跃的烛光，记得我们是好好打扮过才出门用餐的。练功服和运动鞋让她感到不自在、不自信，觉得不合时宜，也是自然而然的想法。回家的路上，她还在想这件事，和我说："下次再来这家餐厅，咱们一定要打扮得好看一点啊。"

这种去什么地方要穿什么样的衣服，以及要"好看一点"的概念，确实是我从小有意无意灌输给她的。

我会告诉她，什么样的裙子适合上学穿，什么样的又适合去派对穿，外出旅行时什么样的衣服舒服又好看，哪些颜色适合搭配在一起，鞋子和服装的搭配又是怎么考虑的……

在外用餐也会随口感慨，"来这家餐厅的客人都穿得好漂亮！"或"你看，来这儿喝下午茶的老奶奶穿得多好看，都戴着珍珠项链呢"。

我传递的这些信息搭着小孩子敏锐的观察，会在她脑子中形成关于"场合"和"好看"的概念，也会对穿着打扮上的"合适"和"奇怪"渐渐有一套判断标准。

我们这代人小时候受的教育总是强调心灵美，认为外表不说明任何问题，人内心的高贵才是最高级的美。但随着阅历的加深，我越来越质疑这种说法，一个人的外表，很大程度上在体现着他的内在。

人的容貌各有千秋，但穿着打扮的选择、得体程度的表现、面部和身材的保养、气质的呈现，都投射着内心的姿态和其生活真实的状态。

我曾经在《VOGUE》杂志工作将近十年，我的老板，也就是在《VOGUE（中国版）》任职十六年的主编张宇女士对每位编辑的要求中最基本的一点就是——永远要漂漂亮亮的。

最初我觉得这是时尚行业从业者的基本职业操守，但在那段职业生涯中，每天看来来往往的设计师、模特、品牌客户、演员，以及各行各业的被访者，他们的穿着打扮在"好看""得体"这条底线往上还很有个人风格。我也会根据他们的打扮和容貌在心里猜想他们的个性、生活方式，他们举手投足、待人接物的态度是否和漂亮的外表一致，哪些细节又泄露了内在的秘密。

这种观察和琢磨很有意思，渐渐也会觉得，形象不仅是一种职业要求，一种社交礼仪，更有一种巨大的力量，可以将自己直观地介绍给别人，进而对他人产生影响。

这种"让自己好看"的技能，其实也是现代生存技能之一。不可否认，我们都会或多或少地"以貌取人"——认为肥胖臃肿的身材和自律性有关，一口烂牙与生活品质直接挂钩，邋遢的外表是品位的缺失及自我的放任……

在学校里，老师对干净漂亮的孩子的好感会更多一些；面试时，面试官也会首先录取同等条件下那些相貌好看又穿着得体的人……这个社会对好看的人总会多一些优待，这说出来可能会显得不那么政治正确，内心却无可辩驳。

因此，我会告诉女儿牙齿对人的相貌和气质有多么重要，为什么一年四季都应该涂护肤霜和防晒霜，让头发变得光亮有哪些方法，让身材保持匀称和健美需要什么样的努力和自律。

也会告诉她得体的举止会给一个人加分：走路的姿势是否挺拔，坐姿是否优雅，待人接物是否有分寸、有交代、有责任感，是否能活出自信和自己的态度……这些都是外表分的重要组成部分，也都相互影响着。

小叶子渐渐长大，对于"好看"的观念和判断就不再只是我单方面对她输出了，她也会反过来审视我——

"今天涂这么红的口红不适合，三文鱼色的刚刚好。"

"你买一件粉粉的衣服吧，这样咱们去参加小朋友的生日派对时就不用总穿得黑黑的了……"

"这件大衣有点好看，你接我放学的时候偶尔也可以穿一次，但不用每次都穿，要不陪我玩就太冷了。"

"这条花裙子不适合你，穿上就变成'大妈'了，你永远不能是'大妈'，得是我可爱的小小小小妈妈呀……"（叶子一直觉得小宝宝最可爱，所以妈妈也是小妈妈最可爱。）

## "公主病病房"

　　有时候，人的性格造就环境，而环境一旦形成，又会反过来影响人的性格。因此，儿童房是什么样，是我在装修新家时考虑得最多的一部分。在想好到底要什么样的儿童房之前，为了理清思路，我先想了一下不喜欢什么样的。

　　首先非常不喜欢一水儿"水晶钻石珠串儿粉"的那种公主房，就像芭比娃娃动画片中的那种调调，我经常和叶子开玩笑说，住在里面不得"公主病"才怪……

　　还不喜欢那种有很多卡通元素的房间。我指的是，在固定的墙上、家具上，刻意做出很具象的维尼熊啦、凯蒂猫啦什么的，比如有大猫头的床、画着假装幼稚的手绘墙、高饱和度的色彩、贴满卡通形象及各种弧线造型的柜子或者桌、椅、灯。想一想就觉得像到了儿童医院或者早教中心……

　　另外还有两个原则在我心里是一直很明确的。第一，儿童房只是整个家设计中的一部分，它或许可以装饰得更有趣味、更适合孩子的习惯喜好，但它不应该是独立存在的，家的整体气质也应该贯穿其中。我一直很坚定地认为，好的儿童房间或儿童家具的设计，绝对不是以简单的符号性儿童元素取胜，而是以一种内在的童心和关爱做出的设计。

　　这些设计观念，所幸我与我的设计师空前一致。他同样认为，儿童房千万不要当儿童房来设计，女孩子的房间也不必太粉嫩，相对中性一点，更有成长和改变的兼容性，也更能让孩子在这个环境中关注培养自己的性格和品位。

除此之外，很重要的一点是，平衡好儿童空间的独立性、私密性及和父母之间的关联性。

一个九五后男孩回忆起他的童年，说小时候有挥之不去的孤独感。因为那时他们家住在一座三层的小楼里，一直是他一个人住在家里的二层，而父母都在三层。作为男孩子，他不太好意思说自己很害怕。在孩子成长过程中，小时候对父母有百般依赖，但一瞬间就开始强烈地要求有自己的私人空间。保护孩子空间的独立性很重要，同时也要考虑如何保持他们与父母的联结，以及大人空间的独立性不被侵蚀。

大人的空间不被侵蚀，简单说，就是一个有孩子的家，更要讲究"伦理辈分"——在空间大小允许的前提下，不能到处都是孩子的游乐场。一进客厅铺满玩具，楼梯是卡通的，卫生间充满塑料鸭子……这样家庭成员的地位顺序就混乱了，孩子成了被全家人供着的"祖宗"。所以，要让孩子明白，他的空间受到尊重，同样也要尊重家人的公共空间。这些并不只是从道理上去讲，而是要在设计时就考虑得更人性化。

于是，我们家儿童房的基本框架是这样确定的：和整屋一样的简洁布局，要兼顾强大的储物功能，孩子东西最多，要物归其位。在细节上，当然要顾及孩子的喜好和审美。我们翻了很多图片给小叶子看，她喜欢木屋框架的床、喜欢黑板墙、喜欢自然花草壁纸……嗯，大概了解了！

我把这些说给设计师听，在反复修改了几稿之后，最终达成了一个满意的设计——

原本两个卧室两个洗手间的格局修改了一下，变成了一个各自独立又相互关联的空间。公共空间是由一个卫生间、一个茶水台、一个开放式的衣帽间和过道里依墙设计的书架构成，公共空间的两边分别连接着父母的卧室和女儿的小书房及卧室。

这两个空间相隔不远，相互关联，但拉上门帘，又是两个完全独立的空间。

儿童房间的墙壁延续整个家的风格，四白落地。但在床边的一面墙贴了花朵植物的壁纸，让整个空间显得活泼而明媚。墙纸是小叶子挑选的，来自瑞典老牌家居品牌 Svenskt Tenn（瑞之锡）的设计，自带一种简约的温暖感受。我把灯的位置定在了靠床头的一角，因为在脑海里已经想好了，这里会悬挂一大一小两只白色羽毛吊灯，下面正好是小姑娘的梳妆台。

屋子结构很简单，为了更好地利用空间，打掉多余的卫生间后，把原有的女儿这一侧的空间隔成了一间小卧室和一个小书房。相隔的墙壁上从顶到底打满了原松木色格子，是书架，也可以在底层放置储物盒来收纳玩具和杂物。而书桌，是提前固定在书架对面墙壁上的一块白色的桌面，和墙壁无缝衔接。

此外，叶子的床也提前按照她的想法定制了。那是一个直接落地的原木色床架，上面简约的木质框架结构宛如一个屋顶，她说以后要在上面铺上纱帘，玩过家家。

还有一个有特色的设计点在卫生间，两个洗手盆并列放置，但形状不同。大人的高一些，是一个台面面盆，小朋友的低矮一点，是内嵌式面盆，让大人和小孩各有自己独立的用品，互不干扰的同时，也显出一种父母和孩子的关联与有趣的区别。

硬装是最简洁并具有功能性的打底，然后就靠自己的眼睛和双手去布置啦！

叶子的书搬进来，她自己的画和收藏的画作挂好，墙壁便有了色彩和内容。蓝灰色的窗帘挂上，洁白的床品铺上，一个家的模样就有了轮廓。叶子把自己的玩具淘汰、整理，都收进了八个灰色的收纳箱，整齐地摆在原木色书架最下层；把头饰皮筋和零零碎碎的小首饰放进梳妆台的小抽屉；铺上绿色叶子形状的柔软棉质地毯，还添了一个她最爱的懒人沙发！

最后一步，她把我买来的两大块长长的白色蕾丝桌旗搭在了她的床架上，一个小少女的梦幻小窝立刻出现在眼前。她得意地向我宣告，看，这就是我的"公主病病床"！

## 用心的礼物

　　女友拎来两瓶红酒说："这是我家老爷子给你的。他每次都提醒我别忘了给你带礼物，是不是他对我有什么误解，觉得我会空手上门蹭饭啊？"

　　我笑道，这是老一辈的礼数和传承呀。我姥姥活了八十多岁，从我记事起，每每逢年过节、亲朋婚嫁生子，都会听到她反复叮嘱我妈或两个舅舅，是送点心匣子还是送红糖鸡蛋，是脸盆暖壶还是把压箱底的毛料子新被面拿出来……你想啊，这种"絮叨"我都听了三十几年，我妈和我舅舅当时都多少岁了。从小时候家境不宽裕到渐渐生活好起来，姥姥和人交往，在礼数上从来不会少。

随着时光的推移，大家互赠礼物的方式和内容也在渐渐改变，但这种礼尚往来的传统和以礼物表达心意的方式从未改变过。

去朋友家做客，会带上鲜花、酒或点心糖果；逢年过节，赠送应景的美食总是首选；每逢生日，也会以精心准备的礼物祝贺。除了这些特别的时刻，日常生活中，旅行时带回的纪念品、投其所好的小物、应季时鲜的美味，也成了好友间经常互相宠爱的馈赠，每件礼物中饱含的都是浓浓的爱意和惦记。

小叶子这一代人更是在礼物中长大的。从她开始明白礼物的含义，便对礼物产生了浓厚的兴趣。大概两三岁的时候，有那么一段时间，每天她都会对我说，妈妈下班回来给叶叶变个礼物吧！我给她"变"出过棒棒糖、小玩具、好看的发卡、漂亮的本子和彩笔，同时也会告诉她，"礼物"是让人惊喜的，不是天天都有的。

礼物是互相送的，别人送你，你也要送别人，这样大家才会都开心呀。送礼物给别人一定要选对方可能会喜欢的，要包装得漂漂亮亮，还要亲手画个卡片或写几句祝福才更有心意……

于是，她慢慢学会用贴画和胶带装饰礼品盒，会设计独一无二的"立体"卡片，也会在出去玩儿的时候想着给小伙伴们带回糖果、文具作礼物。她的生日派对，会提前和我一起为小朋友准备"伴手礼"回赠，因为"这样可以把收礼物的快乐分享给别人"。甚至在圣诞夜，她也会记得给圣诞老人准备两块饼干和一杯牛奶当作礼物……

五岁的小叶子从外面玩儿回来送给我一朵红色的小花，包在纸巾里，说这是给妈妈的礼物——"这是花园里唯一一朵花了，快被冻死了，我们先插花瓶里，夏天再送回去。"

那年我过生日，睡觉前叶子充满同情地对我说：

"妈妈，你怎么才收到一个礼物呀？"我说："我的礼物都提前收到啦，你看有这个有那个。"一样一样和她说了一遍。但第二天一早，她就让爸爸带着去给我挑礼物了，然后从我每次路过都会进去看看的 Moleskine 店里选了一个嫩黄色的笔记本。

再后来，叶子送礼物的花样越来越多了。

在罗马特雷维喷泉前许愿，她说："我给你一个礼物。"她张开手，手心里是一枚硬币——"你用这个许愿吧，你不是想当个画家吗？"她对我说。

去医院陪住院的姥爷，出门前，叶子在我包里塞了个东西，让我到了医院再看。打开包，里面是她最爱的大眼睛毛绒小鼠，是代替她陪我熬夜的小伙伴。

她还会给我画一张寻宝地图，按照地图索引去寻找我的礼物——

在桌子底下，我找到了一个她做的"盲袋"，外面贴着超轻黏土捏出的口红，里面是用她的零用钱给我买的一支真口红。

在书桌上，我的笔山不知道什么时候被她换成了自己捏的橡皮泥小猫笔架……

在刷牙杯上，找到一张纸巾，上面用铅笔歪歪扭扭地写着，"世上就我的小小小小妈妈最好"。

## 好听的话

　　幼儿园带了叶子三年的艾丽丝老师因为身体原因，要离职去休养了。这是叶子的第一个老师，一直以来她们的感情是极好的。每次见面，她都会满眼放光地和我赞美叶子的每一个细微进步和每一点微小的好。没等到最后毕业，却要先告别。这也是叶子小姐的人生中第一次正式的离别。

　　艾丽丝说："我刚说到以后我会回来看你们的，叶子就掉眼泪了。"

　　叶子说："艾丽丝现在每天都和我说悄悄话，她说，多说些好听的话，我们就会一直互相记得。"

我问叶子："那艾丽丝说了什么呢？"

"她对我说，我爱你，你是最可爱的。"

人的成长是基于一次次的分离，和一个人的分离，和一段时光的分离，和一种味道、声音甚至是无法形容的感觉的分离。一次次的道别伴随着一段段的回忆，便构成我们整个成长的记忆。

我不知道小叶子与艾丽丝的分离会不会在小叶子的记忆里永远存档，但很清楚她是如此幸运，在开始记事的最初三年，随便哪个片段，都是充满温柔与温度的。那些赞美的话和发光的脸庞就像阳光，让这片刚刚发芽的小叶子肆意生长，为开出花朵积蓄了无限能量。

她第一次写下一个字、一个单词，老师都像发现新大陆一样赞美。她会算算术了，九减三等于几？答案上写着一个反着的"6"，老师也会意地打上一个反着的对钩，并画上一百分和笑脸。

"要赞美，不要批评。"这是美国心理学家斯金纳倡导的理论。在现代教育中，也非常被推崇。《人性的弱点》一书中提到，大量的实验表明，减少批评、增加赞美，可以让实验对象大大降低错误率，做出积极正面的反馈。

但这种赞美的前提是要真诚可信，绝非虚伪的奉承。在育儿书上我也学到，对孩子的夸奖，最差劲的就是"你真棒！""你真聪明！"这类敷衍空洞的词语，也不要用简单的"好"或"不好"来评判一件事情，而应该试着发现具体的细节——好在哪里？为什么棒？是因为做了哪些努力值得称赞？当对一个人的赞美细致而具体，被称赞更多的是他付出的努力而非天生的特质，被称赞者也会得到相应的被肯定、被欣赏、被关注、被懂得的激励。

艾丽丝对叶子的赞美源自对她细致的观察：她吃完饭可以把自己的餐盘洗干净了；她今天帮助老师收拾餐具了；中午她帮着哄睡不着的小妹妹睡午觉，效果还很好呢；她每次站起来离开桌子时，都会留意把椅子推回到桌子下面……

于是我也会观察和发现更多她身上的变化，并用尽量丰富的措辞去夸她——

"故事讲得太生动了，我就想不到怪兽的嘴能有从卧室到客厅那么大！那得有多少步，咱们量一量！"

"今天我注意到你主动和阿姨打招呼了，心里好高兴！"

"在台上你很镇定呀！报幕词说得也好熟练，一点儿都没错，我在下面使劲儿给你鼓掌呢！"

……

同样，叶子也会知道"好听的话"的力量。而且小孩嘴里蹦出来的赞美，往往是那种无意识的生动，让人又开心又好笑——

"今天做的菜好吃得要晕倒了，每个菜都得一百分！"

"妈妈的字照着字帖写特别好看，但爸爸的字不照着字帖写都好看。"

……

一位心理学家讲，人性中最深的原则就是对尊重的渴望。不管对成人，还是对孩子，都是这样的。而尊重，就包含着被关注、被重视、被认可。

我们要孩子是为了付出爱与欣赏，在他们还是萌萌的小宝宝时，这种对发光点的欣赏很容易做到。但孩子渐渐长大，哪怕对他们的要求越来越高，也不要让我们眼中曾经闪烁着的"光"变成一把把"尺子"，只剩下衡量和批评。无论何时，不要吝啬，当看到孩子正在努力做一件事时，就真诚地说出赞美，让"好听的话"成为他们前行最好的动力吧！

转眼间，叶子和艾丽丝已经分别了整整四年的时光。她们虽然没有再见过面，但逢年过节，叶子总不会忘记问候艾丽丝。当艾丽丝发来爱意满满的回复时，叶子也总是露出笑脸说："看来艾丽丝身体变好了，这我就放心了。"

每当此刻，时光都好像回到了她六岁时的那个夏末。送别老师时，叶子挑选了一只小小的蛋糕，上面有很多彩色的马卡龙。叶子说："艾丽丝每天都和我说悄悄话，她说，我爱你，你是最可爱的。她还说，多说些好听的话，我们就会一直互相记得……"

## 属于自己的高光时刻

叶子三岁的时候，开了她人生第一次"个人画展"。个人画展，说得和真的似的，但也确实像那么回事儿——我带着叶子一起把她乱七八糟的涂鸦作品一张一张整齐地挂在书房里，邀请了她的小朋友，认认真真地看了画展，并和"画家"本人合影，然后还一起欢快地吃了烤鸡腿大餐。

多年后，翻到当年的那些照片时，叶子一边看一边乐，"这画的都是些啥啊！"但这段记忆一直留在她心里，同时期的很多其他事情，几乎都忘记了。

女友也给她七岁的儿子办过一次"圣诞家庭音乐

会"。当时小男孩学琴刚满一年，为了鼓励他好好练琴，于是女友做出了这个决定。"演出"在孩子心里是非常了不起的事情——在舞台的中央，穿着打领结的礼服，有无数双眼睛的注视，有雷鸣般的掌声……在这种"被众人瞩目的表演"的诱惑下，他练得相当来劲儿。

这位妈妈也毫不含糊，演奏会虽小，但排面不能小。她亲自设计并制作了非常精致的邀请函、演出单，还布置了一个漂亮的圣诞主题冷餐会。当亲朋好友会聚一堂，聆听小朋友不成熟却认真的演奏时，这种"高光时刻"的荣耀与激动，一定也深深地藏在了小男孩的心里吧。

和孩子一起做一件投入全部热情的事，让他们看到，自己可以把喜欢的事情变成想象中的甚至更好的样子，从而展示出身上的小火花，让这光点汇聚成一束耀眼的光芒。

叶子的画再次出现在画展上，是一次真正在展览馆里举办的画展了。那是在我们置爱儿童水墨课学期结束的时候，老师为孩子们做的"游戏丹青"毕业画展。在一个艺术园区里的展览馆，整个空间都属于这些孩子们。设计请柬、海报，制作大广告背景墙，筹划开幕仪式……每幅笔触稚嫩自由的画都被完美装裱。撕开画框保护膜的那一瞬间，打开卷轴的那一刹那，所有人都觉得很惊讶，孩子们的作品居然可以这么出色！

展览开始的那天，叶子和她的小画童朋友们来看自己的展览，心里那份骄傲和雀跃，无以言表。

展览馆的射灯打在一张张画上，仿佛那不再是一张张平面的画，而是一个空间，可以穿越回水墨课堂上。孩子们正在一笔一笔地描画，那一刻他们不知道笔下的世界会变成怎样，但结果是什么都没关系，他们只需要享受当下的那个自己。

老师们还细心地把孩子们的画作编辑成一本精致的画册，每个孩子的作品和老师的评价，都被细致收录。

与其说是评价，不如说是老师与他们的交谈，想告诉他们"我是多么喜欢你的画！"用这份极致的认真与关注，给孩子鼓励，让他们更加自信地走自己的路。如果未来遇到了小困难，只要想到他们的小画展或看到他们的小画册，就能看到里面隐约都写了两个字："加油"。

叶子把自己的梦想设定在"当一个真正的画家"上，钢琴小王子也一年一年地设计自己圣诞演奏会新的曲单……我们要做的，并不是用钱和物质去为他们安排一个漂亮的舞台，而是要让他们亲自参与，去思考、去动手、去创造，最终意识到，自己的努力如此值得骄傲。再普通的孩子身上都有无数闪光点，发现它们，并用双手呵护住这微光，让它成为属于孩子自己的"高光时刻"。

# 第二章
## 发现餐桌上的美

*You're*
*the Best Thing*

*That Ever*

*Happened*
*to Me*

## 一起布置餐桌吧

　　我们一家人去拜访住在曼彻斯特的老友，到达时，他和太太正在厨房里忙着做晚餐，十岁的女儿带着弟弟一起布置餐桌。

　　小姑娘把英伦玫瑰图案的餐巾纸认真叠好，正面留出一片倾斜的折层，像日本和服的衣领，筷子正好插在里面，看上去简洁优雅。

　　叶子很快从好奇观望，到加入他们一起折餐巾纸，三个孩子也随即熟悉起来，有说有笑。

　　餐桌布置不仅是家务的一部分，更是创意的一部分。它像一个神奇的魔法棒，让平淡无奇的桌面变得迷人，也让日复一日的日常餐饭变得美味无比。同时，一张布置精美的餐桌可以打开客人之间的话题，开启接下来一段愉快的餐宴时光。

孩子在布置餐桌上的热情、创意真的是令人惊讶。他们个个都是"点子王"，布置出的餐桌不一定严谨、一丝不苟，但一定是看上去很可爱的。这本身也是聚会的乐趣和成长的一部分，而且这些具体的操作，足够让他们感受到自己是主人，并十分自豪呢！

不知是从哪一天开始的，无论是我布置餐桌，还是插花，小叶子都愿意参与。在她还很小时，我会递给她几朵鲜花或一张漂亮的纸巾让她自己摆弄，这些就像是新鲜的玩具，既好玩又有参与感。再大一点时她就可以帮我摆放餐具了，刀叉在什么位置，筷子怎么摆，酒杯在哪儿，她记得清清楚楚。什么样的客人适合怎样的餐巾，坐在什么位置，她也有自己的主张，把花朵修剪好插进花瓶、写一写名卡……这些都让她很有成就感……

小朋友来做客时，就是她的主场了。她会更积极地为他们选择餐具，想布置餐桌的点子，像小主人一样招待客人。有时候自己玩耍，她也会在沙发前的小几上摆一桌"仙女下午茶"，有蕾丝桌布、有鲜花、有她的小茶杯和点心，还有一圈围坐的布偶娃娃。

　　春天的时候，我们在小院里吃早餐。叶子爸爸一早就用清水擦洗干净了长条木桌，我和叶子一起用剪刀剪下樱花树的花枝，再来两枝绿色的木绣球，她搭配上蓝紫色的铁线莲，认真地插好一瓶"春天花花"。最后，她又把树上掉落下来的花朵装饰在每个人的咖啡托盘中，春日的滋味就这样被注入了一顿早餐。

　　看着叶子我经常会想，不知道她将来会是什么样子，过着什么样的生活。我希望她能欣赏音乐，可以用画笔抒发心情，能从文字中得到抚慰，但这些终究都是"我的希望"。每个人的感受力不同，生活轨迹不同，但这些凝结在餐桌和厨房上的细小的爱，对花朵和好看的杯杯盘盘的情感，是和她一起成长的。看到美的东西会开心、会觉得快乐，有这样的心，想必将来的生活也会更容易感到愉快吧。

人的一生，或许平平淡淡才是主调。能享受平淡的生活，并有心于平淡中找到一些小小的仪式感，一些亮点，让一餐饭、一张美丽的餐桌为自己和爱的人带来好心情，这也是抵抗生活中可能遇到的忧愁的一种方式吧。

## 给孩子用好的餐具

有一个问题是我经常被问到的——给孩子用那么好的餐具，打碎了怎么办？

我的答案是：小心孩子别被划伤就好。

谁没打碎过餐具呢？千万别因为"怕碎"就降低对审美和品质的追求，而去选一些廉价粗糙的塑料制品或冷冰冰的不锈钢餐具。

就像初学绘画的人，总觉得不值得用好一些的纸和颜料，殊不知，越是初学才越应该借用好的工具帮助自己提高技能，并在学习的过程中有充分的愉悦感和仪式感。给小孩用好的餐具也是一个道理，不能因为小婴儿还什么都不懂就敷衍，要知道孩子看世界看得比我们想象的要更加清晰，日复一日的美好，才是人生永恒的修行。

从小叶子开始吃第一口食物，到她能坐在餐桌旁和我们一起用餐，我给她准备的餐具基本和成人是一样的，只是选取成人碗碟杯盘中比较小巧的那些。比如日式的饭碗、豆皿都很精巧，适合小朋友的小手拿放使用；陶质的餐具稚拙呆萌，而且非常厚实，不容易被打破；很多北欧设计的搪瓷珐琅餐具，不仅颜色漂亮、复古感强，而且不容易损坏，这些都是为孩子挑选餐具时非常好的选择。家里有一套WEDGWOOD（韦奇伍德）圆点图案意式浓缩咖啡杯，有了小叶子之后觉得这套瓷器马卡龙般的色彩和小巧的尺寸正好适合给她使用，于是在下午茶的时候，这便成了她和她的小朋友们美美的专属茶具。

实际上，大部分餐瓷品牌都有自己的儿童系列，像

WEDGWOOD 在其经典的野草莓系列基础上设计了儿童用的小草莓系列，爱马仕也有可爱的儿童系列，一个个谷物盘、马克杯，让人仿佛看到马戏团的帐篷已经支起，初试锋芒的杂技演员神采飞扬，那些彩色气球、小丑，每个画面都鲜艳活泼，充满艺术美感。

还有芬兰有名的餐具品牌——Arabia（阿拉比亚），他们以蓝色点点为设计元素的餐瓷很出名，同样出名的还有品牌与芬兰插画家 Tove Slotte 合作的 Moomin（姆明）系列。可爱的姆明一族中的很多人物和故事都在餐瓷杯碟上出现，瓷器本身性价比又非常高，叶子有一只盘子和一个水杯，用了很多年。

她不曾有过塑料的、不锈钢的、颜色咋咋呼呼的碗碗盘盘，只因为我觉得不好看，也不好用。哪怕说儿童审美和成人审美在一些方面有区别，那也不应该是粗糙和精致的区别、粗俗和优雅的区别。我们不能简单粗暴地用色彩和对可爱刻板的诠释去呈现对儿童世界的理解。

给孩子用好的餐具，这个"好"并不是指昂贵的名瓷，这中间有广阔的空间可以选择。所谓"好"是指从设计、造型到质地、品质，至少应该和父母所追求的品位在一条标准线上，而不能因为年龄小就被降低标准。对审美感知的培养并不是每年看几次画展或上几期美育课程就可以完成的，这最寻常不过的一餐一饭间的审美与讲究，会积攒孩子对色彩、质地、配搭和生活乐趣的认识。

另外，爱护餐具、瓷器，更要从孩子很小时就告诉他们，并以身作则。让他们知道如何拿放餐具是正确稳妥的，知道怎么保护筷子的漆面或水晶杯的光泽，也要知道哪些是妈妈很宝贝的餐具，哪些是爸爸最爱用的东西。孩子虽小，但心如明镜，他们会和我们一样，懂得珍爱这些美丽的东西。

## 厨房，是我们的游乐场

我生长在北方，记忆里小时候的冬天只有白菜、土豆，菜店里灰突突的一片。我们常吃的是熬白菜、炒土豆丝、馒头、炸酱面和饺子。如果家里的长辈在夏天时囤了一些西红柿做了番茄酱，那冬天偶尔能吃到西红柿炒鸡蛋，是一件很幸福的事。

成年之后我才去了南方。在南方的菜市场里，看到那么多叫不出名字的各种青菜、菌类、笋、河鲜、火腿，冬天也依然琳琅满目，立刻感到了一种食物上的"贫瘠感"。对于美食的想象力及味觉中"鲜"这个字的体会，肯定是输在起跑线上了。

因而也想到，父母把很小的孩子送去培训班培养五感，增强感知能力，还不如带小孩去菜市场逛逛，经常在厨房里玩玩儿。

厨房里有酸甜苦辣咸的味觉、有红橙黄绿紫的视觉，可以认识萝卜、白菜、西红柿、土豆、荸荠、菱角，可以分辨香椿芽、豌豆尖、地瓜叶，还可以识别鸡蛋、鸭蛋、鹅蛋、鹌鹑蛋……这算不算是生物学？

仔细听听炖肉的声音和水煮开的声音一样吗？煎牛排的声音和炒菜的声音又是怎样的不同？比起摆弄塑料教具，菜市场和厨房里的这一切多么鲜活有趣啊，像魔法一样有创造性，而且所有这些最终都会被端上饭桌，成为香喷喷的饭菜，这难道不才是培养感知能力最好的课堂？

记得第一次带小叶子去北京最有名的三源里菜市场时，她应该是把那里当动物园和植物园了——"哇，大龙虾这么大，胡须这么长！""这是什么鱼呀？怎么长得这么奇怪？""这么多猪蹄子！好吓人呀……""这些都是蘑菇吗？怎么有的看着憨憨的，有的这么小？都能吃吗？""这些小黄花下面的小黄瓜还会长大吗？"

我们一起在厨房里做大核桃酥。用烘焙秤称重量，把面粉、小苏打粉、泡打粉混合在一起，把油、蛋液和糖混在一起，再用面粉筛仔细筛筛筛。揉捏按压，推进烤箱。等待。

吉本芭娜娜在她的小说《厨房》开头就写道："这个世界上，我想我最喜欢的地方是厨房。无论它在哪里，式样如何，只要是厨房、是做饭的地方，我就不会感到难过。"

是的，这种一点一点做一样食物的感觉非常治愈，需要耐心和期待，也掺杂着一种信念。这信念是那么单纯，生活中的哀怨和灰暗都可以在一片一片清洗菜叶、一刀一刀切菜的过程中，在锅铲清脆的炒菜声中消散，让自己的内心回到生动、具体又平实的生活本身。

家里的小院中有一排种植箱，是叶子的"香草园"。夏日雨水充沛，薄荷疯狂扩张，把弱小的迷迭香盖得死死的。剪下一大堆，我把大枝的插进了花瓶，叶子挑最好的尖儿叶泡了水。满屋子薄荷清凉的香气。

　　"薄荷还能做什么？"叶子问。

　　"薄荷牛肉呀！"我说，"你不知道，云南那边的人最喜欢用牛肉切成片，卷着薄荷叶，蘸一点酸辣料汁……泰国菜其实也有类似的做法，很开胃哪。"

　　"好吃吗？"叶子眼睛里充满向往。

　　"好吃呀，这样，咱们做一个更适合小孩的黄瓜薄荷牛肉卷吧。"

　　就这么愉快地做了决定。用橄榄油煎一块牛排，煎的时候加了一枝从薄荷丛边解救下来的迷迭香，撒了海盐和黑胡椒。煎好的牛排切成小块，和一小片薄荷叶一起，用又薄又长的黄瓜片卷卷卷……快来尝尝吧！

　　就这样，小香草园里的香草都和它们"天生是一对"的食材邂逅了。

早餐的罗勒炒鸡蛋附着阳光的色泽和气息，碧绿的罗勒叶还能和现磨的帕玛森干酪、大蒜、松子一起打碎，加上橄榄油做成碧绿的青酱，拌意面再好不过。

迷迭香煎法式小羊排有迷人的色泽和香味儿……嗯，配圣诞节的烤鸡也不错呢……哦对，还可以用迷迭香的小枝叶插在餐巾上做装饰！摆在餐盘里，看，多像圣诞节小巧漂亮的松枝呀！

## 童书里的魔力餐桌

在给孩子讲故事时，我发现童书中很多对餐桌不经意的描述，都非常有魔力。

如果有女儿，就很可能知道《玛蒂娜》这套书。这是围绕一个叫玛蒂娜的小姑娘的日常展开的故事。其中有一幕，玛蒂娜来到爷爷家吃饭，我一看，嚯，爷爷家餐桌上的餐具是全套的 Meissen（麦森）啊！

德国麦森是欧洲第一家陶瓷制作工厂，有三百多年历史，是皇室御用，也是茜茜公主的最爱。

麦森很贵，玛蒂娜的人设是一个法国中产人家的孩子，爷爷家有这样的瓷器非常合理，欧洲很多家庭的瓷器都是代代相传的。这套书的作者是比利时的诗人吉贝尔·德莱雅及画家马塞尔·马里耶，这样的生活细节他们非常熟悉。画面中的瓷器，包括汤盆、餐盘、酱料盅等，是全套的 Blue Onion（蓝洋葱系列），画面中蓝白格子的餐巾搭配也很和谐到位。

另一部是大家都熟悉的童话《爱丽丝漫游仙境》，在电影版中出现的经典"疯狂茶派对"的场景中，我看到了桌上的茶壶，这蓝白花纹，好像 Royal Copenhagen（皇家哥本哈根）的 Blue Fluted（唐草系列）呀！

但仔细看其实并不是。我还特地查了一下，据说这个白底蓝花的手绘图案来自一九〇〇年代早期，和皇家哥本哈根的唐草几乎是同期出现，谁借鉴谁也不好说。这个茶壶的造型和图案保存在华特迪士尼家族博物馆中，也出现在迪士尼出品的魔幻电影《魔境仙踪》之中——大茶壶变成了一个小房子，似乎更添了魔力。

关于"疯狂茶派对"的描写被演绎成各种经典版

本，很多艺术家从中汲取灵感，草间弥生也以自己独特的风格创作过这样的画面。我特地买来草间弥生版的《爱丽丝漫游仙境》给小叶子，她当时还小，不一定能把这本书和这个故事联系到一起，但毫无疑问，里面的画面很吸引她。

《爱丽丝漫游仙境》中的那场茶派对一直堪称经典，也在很多孩子及成人聚会中被频繁借鉴。我曾经也以此为灵感为 WEDGWOOD 布置过有趣的下午茶聚会茶桌。这些来龙去脉，在给孩子讲故事时，也能增加很多趣味。

英国人最讲究下午茶的传统，所以在他们的童话故事里，经常会出现下午茶的场景。还有一个我特别喜欢的绘本故事《和甘伯伯去游河》，是英国大师约翰·伯宁罕的作品。画得极好自是不必多说，故事也单纯温和得像一缕暖暖的阳光。故事讲甘伯伯有一条木船，他的家就在河边。有一天，甘伯伯撑船去游河。两个小孩子、兔子、猫、狗、猪、绵羊、鸡、牛和山羊，一一要求上船。起初情形还好，后来这些乘客都忘了遵守秩序，忘了坐船的规矩。结果，船翻了，大家都掉进了水里。

如果是寓言故事，后面也许会说，你们看，不遵守规矩就没有好下场吧？但这本书不是。接下来，甘伯伯带领大家游到岸边，让太阳把他们的衣服和身子晒干。甘伯伯说，我们只能走回家啦，一起去我家喝茶吧！

蛋糕、水果、英式茶壶茶具，精致的画面描绘了温馨饮茶的好时光，书中的这一对开页没有一个字，却讲述了很多。最后一页，甘伯伯说，再见啦！大家下次再来游河吧！

每次读到这里都觉得，对英国人来说，确实没有什么问题是喝一顿下午茶解决不了的呢。

其他国家的童书中，是否也有具有魔力的餐桌场景呢？这里我想讲两个穷孩子的故事。

第一个是《棚车少年》，四个流浪的孩子，住在一个旧棚车里。他们去垃圾堆里寻宝，捡到一个白色的旧水罐子，几只碗，五只生了锈的勺子，一个豁了口的小粉杯。女孩子用沙子洗掉餐具上的锈迹，用开水消毒，把白色和黄色的花插在水罐里。

这个场景给我留下了很深的印象——这些垃圾堆里捡来的餐具，给他们带来不一般的狂喜，他们说"用杯子喝牛奶更美味"。他们还知道用沙子去锈迹，这些生活中的小确幸和小常识，是认真生活的痕迹。让人觉得，即使在流浪的境遇下，这些餐桌上的小细节，依然可以给人带来快乐和满足。

另一个是《麦兜的故事》。麦兜是个穷孩子，期待圣诞节可以吃到火鸡。当他真的在圣诞餐桌上看到一只火鸡时，感到无比的幸福。但是，这种幸福其实只是在"未吃将吃和第一口之间"，而后，这只火鸡便成了一种无休止的折磨。

节省的麦太把剩下的火鸡肉做成了各种食物，火鸡丁炒饭、火鸡汤、火鸡馅饼……冬去春来，然后到了夏天，在端午粽子的咸蛋黄边上，麦兜又看见一块火鸡的骨头！他终于受不了，哭了起来。一只火鸡的寿命都没有这么长好吗？后来麦太只好把剩下的一点火鸡扔了。直到妈妈成烟的那一天，麦兜突然很后悔，当初不该让妈妈扔掉剩下的火鸡肉。

穷孩子的餐桌上或许没有丰盛的食物，没有华丽的餐具，但有爱的餐桌，一样有着非同寻常的魔力。它让人学会理解、珍惜和关爱，这种记忆会伴随人的一生，是人内心最深处的一种储备能量。

还有一个感人的小故事，来自女儿非常喜欢的一本童书——《贝贝熊的故事》。

书里讲到母亲节的传统是给妈妈做一份在床上享用的早餐。熊妈妈看到孩子们在她最爱吃的蓝莓吐司菜谱那页夹了一个小纸条，于是悄悄去超市买好了蓝莓、黄油、砂糖这些必备材料，若无其事地放在孩子们可以找到的地方。

母亲节早上，熊妈妈听到孩子们和爸爸悄悄溜进厨房，听到盆翻碗砸的声音，闻到煳味，只是叹了口气，想着自己收拾烂摊子可能得花一天时间。但当早餐端上来，她心中依然是甜蜜的，感动的。当然最感动的在故事的最后，当熊妈妈走进厨房，发现厨房一尘不染，所有摔坏的碗、煎煳的面包都已经收拾干净了……

很多童书好看，是因为它够单纯，同时又准确地抓住了生活中最迷人的小火花儿。床上早餐有多大的必要？并没有。但就是这种小小的用餐仪式感，让人觉得格外受宠爱，格外温暖。

这个故事也曾在我身边上演现实版。

我的朋友，瑞典餐桌布置艺术家凯瑟琳娜曾发给我一张照片，是她六十四岁生日的早晨。照片是从她的角度去拍摄的，所以画面中是半张床上摊开的被子，一家人围绕在床头，有女儿、女婿、丈夫和三个小孙女。每个人手里都端着装满食物的盘盘碗碗，上面插着蜡烛，他们微笑着在唱歌……她发这张照片给我"撒狗粮"，我真心感慨，这才是人生赢家啊！

餐桌上的故事，每天都在发生。关于食物、餐具、布置、文化，更是关于人和人之间的情感。当这些细小而充满温度的细节出现在童书中，它是打开孩子们生活体验和日常观察最直接的窗口，当我们读这样的故事给孩子听时，它又是敞开话题聊一聊我们生命中经验与回忆的一座桥梁。

## 不被打扰的孩子才懂得安静

　　叶子趴在我耳边说："妈妈，叶叶在这儿要用'悄悄的声音'说话。"

　　嗯，对的。我冲她眨眨眼。

　　这是她两岁时去餐厅的一幕。从叶子还是个抱在怀里的小婴儿时，我就利用各种合适机会对她说——

　　这里是餐厅，大家都用小小声说话。

　　"这里是博物馆，要静悄悄的……"

　　"记住，在飞机上不管是说话还是笑都要用'悄悄的声音'哦。"

　　也不知道她是从哪一刻开始听懂的，但这个过程很平稳顺利。有时候，看到和她年纪相仿的孩子在公共场合大声喧哗或哭闹，她也会小声和我说："这样好羞羞啊！"

在有孩子之前，我有很严重的"熊孩子"焦虑症，生怕在公共场合满地打滚儿、大喊大叫这样惹人厌的事会发生在自己孩子身上。我也很怕吃饭时，小孩把盘子碗敲得叮当乱响、挑拣食物或把食物当作玩具；或者在外用餐，小孩不停打闹、上蹿下跳、互相追逐甚至大声尖叫……

于是，我经常在餐厅里刻意观察一些共同用餐的父母和孩子。

看到过优雅的一家人，坐在酒店早餐厅靠窗的位置用餐。爸爸妈妈的打扮干净得体，两个儿子也都穿戴得清清爽爽。哥哥七八岁，弟弟看着只有两岁左右，还坐在婴儿座椅里。爸爸妈妈一边喝着咖啡一边轻声交谈，并不对孩子们的用餐细节进行帮助或指点。哥俩都各自吃着盘中的早餐，非常安静。弟弟的动作甚至还笨笨的、萌萌的，却很努力地吃完面前的食物。偶尔哥哥会帮助弟弟取放食物，他们也有轻声的交流。孩子在和父母对话时或提出什么需求时，父母两个人会马上把目光转向他们，很认真地与他们聊天或提供帮助，就像对待同龄人一样。

也看到过这样的场景：孩子像有多动症一般，一直处于不安的状态，说话高声而无理，甚至尖叫，把食物乱丢，杯盘弄得乱响。妈妈一直在絮絮叨叨地问孩子吃不吃这个那个，要擦手要喝水还是要撒尿，不要摔筷子不要敲碗要坐直。孩子刚吃一口米饭，妈妈便塞过来一口青菜，刚要喝水，妈妈又叫着擦擦嘴。而孩子的父亲一直在玩手机，与这对母子的交流几乎为零。直到面前的杯子被打翻才猛然抬起头，开始大声呵斥孩子，并指责孩子妈管教不力……

观察多了就会发现，那些可以安安静静、举止得体的小孩，都有同样举止得体、安静优雅的父母，他们是在平日里就受到过良好的言传身教，有平和的生活环境，并时刻被成人礼貌对待着的孩子。反之，那些不停被打扰、被大人或溺爱或简单粗暴对待的小孩，很难管理自己的情绪和行为。自己就从没有被好好尊重过，所以也不会懂得为什么要尊重他人。

有了这些观察和思考的基础，我在有了女儿之后，也格外注意保护她"不被打扰的权利"。

从儿童心理学上讲，专注力是幼儿发展的第一要素，成人过多的指令和频繁的干扰会阻碍专注力的发展。不懂得他们内心的需求，错误的教育方法和无效的沟通方式，都会让孩子因为无路可走而变得焦躁——他们除了通过发脾气和搞破坏来发泄和引起关注外，别无他法。

做一个简单的置换游戏，假设你是那个被一万只苍蝇嗡嗡嗡包围的可怜虫，三分钟被人摆弄一下头发抹一下嘴角，两分钟纠正一次坐姿，并不断地让你吃这个吃那个，要这样不要那样，你还不能掀桌子也不能起身就走，不可以以成人的方式表示抗议，怎么办？估计也只能号啕着满地打滚儿了……

于是，我尽量克制自己那些"没必要的关爱"——她在看书的时候，不会隔一会儿就去递杯水，送块水果；她在吃饭的时候让她自己选择，不布菜、不劝吃；在路途中，我们可以各自发呆、一言不发……

我时刻会提醒自己，多给孩子留些空间，过多"关爱"只是"打扰"。那种无缝隙的相处真的会让人抓狂、窒息。只有不被打扰的孩子，才会懂得安静的魔力。

## 餐桌礼法有道理

"妈妈，为什么拿酒杯要拿杯子柄？"

"因为手的温度会让酒的味道发生变化。你看香槟冰了才好喝，用手握热了，是不是就白费冰了？"

"为什么和大人碰杯杯子要比他们的低？"

"因为你年龄小呀，低一点是尊重长辈的表现。"

"为什么香槟杯摆在最外面，红酒杯在里面？"

"这和刀叉摆放顺序一样，是使用的顺序。一般大家先吃清淡的沙拉、海鲜，所以也先喝清爽味道的酒，然后吃牛肉啦，羊肉啦，再配味道浓郁的红葡萄酒。"

"那为什么要先吃沙拉，不能先吃牛肉吗？不能先吃甜品吗？"

"你可以试试，先吃一大口巧克力蛋糕，再吃香草蛋糕的话，是不是就尝不出来香草淡淡的香味了？吃饭的时候先尝淡的，一点一点加重味道，每道菜都有滋有味。反过来不是不可以，但舌头会变得迟钝。你记得咱们去高级餐厅的时候，服务生会在上主菜之前送一小碟冰霜吗？就是为了让舌头洗洗澡，这样才能尝出下一道菜最好吃的味道。"

餐桌上还真是有十万个为什么。在教孩子餐桌规则、礼仪的时候，"少废话，我说怎样就怎样"的命令式教育也能让孩子记住，但效果可能不会那么好，如果搞清楚来龙去脉，讲清楚道理，就会让小朋友心服口服、记忆深刻。毕竟，礼法也要讲道理嘛！

在《爱就是在一起，吃好多好多顿饭》这本书里，我写过一个小故事：一次吃饭时，一个孩子不断大声地打断我们的对话，对他的妈妈及其他人大叫——吃饭的时候不可以说话!

这明显是他的老师或父母曾对他提出的要求，但他发现，为什么你们都不这么做呀？是呀，人们聚在一起吃饭不正是好好聊聊的机会吗？吃饭的时候为什么不能说话？这条规矩的形成也许是希望孩子尽快专心地吃完食物，并且不要被饭粒呛到，但实际上"吃饭不能说话"应该稍做修改才更合理——嘴里含着食物的时候，请不要说话。

不合理的教养，是很难被遵守的。作为父母，首先要摒弃的就是"父母做派"——命令、呵斥、喋喋不休，都不是最好的教养方式，真正有效的只有两样，即"合理"，以及"去做"。

"合理"首先是一种平等的交流姿态，就像成人之间的沟通一样，告诉你为什么——这么做有什么道理、对你有什么好处，不这么做有什么坏处。讲明白这几点，很多礼法都不再枯燥无趣。

就像筷子为什么摆在右边？因为多数人是用右手吃饭呀。筷子为什么不能插在米饭上呢？上网搜一搜上坟、上香的照片，孩子一定会明白"哦，原来是这样！"

"去做"则是我们常说的言传身教。一个温和谦恭的父亲，不会教出对人颐指气使的女儿；一个举止优雅的母亲，也不会有粗俗莽撞的儿子。在一个顽劣的孩子身上，反射出的实际上是父母的粗鲁和不自知。

关于餐桌礼仪可以写出很厚一本书，但核心其实就三点：

一、要看起来得体：得体才优雅；

二、不给别人添麻烦：就是要顾及别人的感受；

三、不要显得很贪婪：这会让人看低你。

主人（或长辈）不开动，客人（或晚辈）不能吃，这是得体。同样，坐下就不随便换座位，提前离开餐桌要和长辈打招呼，赞美食物，即使不好吃或不合口味也不当面指出，这些都是餐桌礼仪中得体的举止。

吃饭时，手要扶碗，胳膊肘不能上桌，双脚要平放，身体端正，不能"北京瘫"；一只手一次只做一件事，轻拿轻放，不撞杯子不撞盘；吃相要干净，保持自己碗盘餐具整洁……这些得体的行为可以让人看上去很优雅。

餐桌上不可挑挑拣拣，筷子不伸到别人面前夹菜，不把喜欢的食物都揽到面前；喝汤、咀嚼不出声，嘴里有食物不说话；吃多少取多少，筷子触及的食物就夹走；桌上够不到的东西请旁人帮忙传递，小孩不擅自转动餐桌的转盘，请父母代夹取食物……这些是不给别人添麻烦、顾及别人的感受的举动。

中式饭碗要端起，不低头扒饭，西餐餐叉送嘴边，不伸头去够食物；从小学会把食物分成一小口一小口吃，不撕咬，不整块啃，吃相不野蛮贪婪；无论西式自助还是中餐分享，不要一次取食太多……这些是显得不贪婪的姿态。

在孩子还小的时候，可以通过讲故事、亲自示范传达给他们，也可以利用一些合适的机会做一些"这样真好"和"这样不好"的判断来加强认知。比如，"在餐厅里到处乱跑可不好，真的很影响其他客人呀"或者"服务员给小姐姐拿饮料的时候，她说谢谢，你看服务员是不是也很开心"。

经常这样说给孩子听，孩子在心里也会做出一些判断。一次，在外面用餐，一个小孩用随身带的 iPad 放很大的声音玩游戏，叶子小声和我说，"这样真的好吵呀，他为什么不戴上耳机玩呢？"当这种认知被形象化、具体化之后，礼仪就不再是空洞的规矩，而是一些生活场景，很容易判断得出是"得体"还是"不合适"。只有这些概念越来越清晰明确时，自己做起来才更自然而然。

# 第三章
## 从自然中感受美

*You're
the Best Thing*

*That Ever*

*Happened
to Me*

# 你看，多美！

窗外金色的梧桐叶一夜之间不见了，空荡荡的枝丫映着清冷的天空。"你看，树叶掉了，树枝也好看。"我指着窗外和叶子说。

她凝神看了一会儿，自言自语道："梧桐树叶子没掉的时候，我们都看不到对面的楼呢。"

是啊，刚搬来的时候是夏天，窗外的梧桐树有浓密的叶子覆盖，我们就像隐居在绿叶之中。秋天来了，树叶一点一点变黄，金灿灿的，再一场冷风，叶落纷飞，毫不拖沓，就像这座城市的性格。

"你看这幅画，画的就是冬天的树。"

家里的墙上有两幅艺术家王玉平的复制品画作，画的是北京的红墙、街道，冬日叶落后的树木、阳光和蓝天。王玉平画过很多北京的街——雍和宫、国子监、北海东门、景山前街……他曾经说，北京的美，是要等树叶落光后才能看得到。我想，他欣赏的应该正是眼前这种干净舒爽、辽阔自在的北京冬日吧。晴空万里，白云舒卷，光影在树枝间穿梭闪动，弥漫着一种深刻入灵魂的明媚爽朗。

"看这幅画，看这棵树，看这朵花……"

这是我和叶子间经常出现的对话。有时轻描淡写，有时语气夸张；有些是情不自已，有些则是故意而为。

希望她看到夕阳的余晖时会从心里感叹，好美啊；听到鸟鸣开始喧嚣便知道这是春天正在悄悄走来的讯息；嗅到湿润的泥土芬芳可以感受雨的清新……在一本关于儿童美育的书里读到，很多大人觉得理所应当的事，孩子却未必如此。"喂，你瞧！"一定有很多情况需要有人这样引导，他们才会注意到。

正是如此，那些我眼睛看到的，心灵感受到的，都会以"喂，你瞧！"这种方式带给她，希望这一切渐渐变成她内心更为丰富的情感，让这些细小而微妙的美与变化，带给她多一点的感动和珍惜。

很小的时候，叶子趴在窗前喊："妈妈妈妈你快来看，这云像烟一样！"那一刻，不管我在做什么，都会停下来，跑过去，和她一起看云朵飘来飘去。

叶子刚刚上幼儿园的那个冬日，一个清晨，才五点，她就从床上爬了起来，坐在窗前，窗外还一片漆黑。我陪着她给她讲故事，讲着讲着抬头看到天空清冷深暗的蓝色渐渐明亮起来，漾出微微暖色。"小叶子快看，太阳要出来了！"我们依偎着，看楼群间的天空一点一点变红，红彤彤的太阳一点一点出现，连家里白色的墙壁也染上了绯红……那是我们在一起看过的最完整的一个日出，那朝霞的暖让彼时三岁的小叶子的小心灵暂时忘记了要去幼儿园的焦虑……

一个夜晚，在海边，一家人散步。从灯火阑珊处向海边走去。当灯光渐渐退后，暗沉夜空下闪着银色光芒的海面逐渐呈现在眼前时，小叶子拉着我的手也渐渐握得越来越紧。那是怎样一种深邃的暗色与月光交织出的景象啊！海面寂寥而壮阔，在云朵的掩映下，又大又圆的月释放出一道道一束束的光，随着海浪翻滚出闪耀的光斑，连成一片一片，整面大海在暗夜中沸腾。

"看那月光，好美啊！"这次是叶子发出的感叹，她的手心有些潮湿，紧张、畏惧，又兴奋、向往。

转眼叶子就从幼儿园毕业了，我们一家也要搬离住了三年的大院，搬去新的学校附近。临行前那个夏末的傍晚，叶子蹬着她的公主单车，在大院花园弯弯曲曲的小路间飞驰。再见滑梯，再见秋千，再见小花，再见大树，再见，再见，再见……

再唱《送别》的时候，那些晚风、绿柳、夕阳，渐渐不再是生涩的名词，而成了一幅幅画面，她会说："我有点儿难过。"

而太阳升起，日光明媚时，她又发出清脆的笑声，把我从被窝里一把拉起，告诉我外面的花都开了，一只鸟儿正落在窗台上叫……

这些微不足道的变化，这些与花儿、青草、落叶、夕阳与朝晖一起被发掘、被放大的感动，是我们之间说也说不完、看也看不够的世界，是她与人、与万物、与自然沟通、互动、对话的源泉。这些微妙的美与感动被收纳在心底，或许也是一种暗藏的能量吧，在某一个未知的时刻，或激发，或抚慰，或只是一瞬间的心弦波动……

## 植物会向光生长，人也一样

"妈妈妈妈，出去看桃花吧！"叶子从楼下花园骑车回来时小脸红扑扑的，伸手递给我一个小小的花枝，上面一朵桃花正在绽放，她手里就像举着整个春天。

这是二○二○年的三月，从一月份疫情暴发开始，我们就一直宅在家里，很少踏出家门。每日看着手机里报告的感染人数，望着玻璃窗外灰蒙蒙的天，难免情绪低落。那段封闭的日子里，由于物流受限，不能再像往常一样购买鲜切花，但春节前泡上的一盆水仙头恰好盛开了，然后是蝴蝶兰盆栽，还有小叶子种的多肉，以及陪伴了我们十几年的阳光榕，都像通晓人情一样，在屋内温暖的阳光下抽出新芽，绽放花朵。

植物予人的是生命力、是希望，也是陪伴和慰藉。

叶子刚刚出生的时候，我在家里布置了一个小小的"花园角落"：一把舒服的椅子，周围环绕着大棵的绿植，有很多插在花瓶里高高矮矮的鲜花。每次喂奶，我都抱着小宝宝躲在这里，产后淡淡的忧郁被花香稀释，有时想想觉得好笑，自己像一头"花园里幸福的奶牛"。

所以小叶子真的是从一出生就和花在一起的。家里的餐桌上、小几上，一年四季都摆着一瓶一瓶的鲜花。春天的郁金香、洋牡丹，初夏的芍药、仲夏的荷花与玫瑰，秋天有时会有大枝的红枫，更多是小雏菊和果实类的花材，冬日的兰花、朱顶、水仙，让暗淡的季节多了一抹亮色与香气。

每当我修剪花枝时，叶子也会拿出自己的小花瓶和剪刀，插一瓶她的"小 baby 花"。孩子对颜色有天生的敏感，而且他们的小脑瓜里还没有条条框框的束缚。当她捧着插好的花给我看时，我每每都"哇"的一声，惊呼赞叹。是对她的鼓励，更多的也是真的被小孩子的配搭打动——多么灵动、充满活力！

实际上，对植物的爱与关注可能是最早进入人内心的感知之一，因为对一个孩童来说，在他们的身高和目光所及，花花草草和他们更加接近。它们默默无言、温柔而平等，是陪伴者和自然与美的启蒙者。

叶子四个月的时候，迎来了她生命中第一个春天。我抱着她到小公园里，在一丛丛连翘花下铺上野餐毯野餐，她看着明亮的黄色会兴奋地咿呀乱叫。很快，她就可以用小手触碰地上的蒲公英球了，好奇地看着纷飞的花伞，然后又去寻找下一个；很快，她也喜欢在开满紫花地丁和二月兰的花海中玩耍了，久久不肯离去，就像我小时候一样……

五岁的小叶子站在幼儿园的花圃前，和旁边的小男生说："你知道吗，这是吃人花，夏天睡觉，冬天吃人。

如果你老是说它，它就冲你喷水！"

我望过去，他们面前是一片玉簪花，绿叶肥美，上面跳跃着夏日的阳光，白花鲜嫩嫩的，正当开放。

"昨天我听到吃人花打呼噜了……"小叶子继续认真地说着，沉浸在她的故事里。

这也是每个孩子童年时亦真亦幻的世界吧。我的思绪也随着她"打呼噜的吃人花"回到了小时候乱跑着玩耍的花园和野地里。阳光也这样耀眼，红得张扬的凤仙花正在开放，还有"死不了花"、大朵的月季、木槿花。我用狗尾巴草编花篮、用葡萄叶"酿酒"，在草丛里久久寻觅巫师的毒草，回家时，发现身上粘着好多讨厌的带刺的蓖麻，揪也揪不下来……

人和植物的相处方式随着年龄的增长渐渐改变，但如果你的心里始终为它保留一个角落，愿意接近它们，欣赏它们，也会逐渐意识到，无论你有一片花园，一个露台，还是窗前的一个小小盆栽，桌上的一束鲜花，这些绿色的生灵都会带给你无限生机和抚慰。

就像小叶子从花园里给我带回的那小小的桃花枝，艳粉色的桃花是树木的根在土壤里汲取营养熬过暗淡冬日后的爆发，是自然界中植物生生不息的印证。想想就在几周前，还因为春日的大雪和肆虐的疫情陷入忧郁，但春天依然如期而至，丝毫不会因任何人世间的疾苦悲欢而改变。

当你用心呵护一株植物或一瓶鲜花，给植物松土、施肥、除虫，为花朵剪根换水，你还会发现，尽管世间很多事情不是付出就会有回报，植物和花朵却单纯而美好，你对它们的每一分用心，它们都报以花朵的盛开和枝叶的繁茂，报以无限的芬芳和耐心的陪伴。

植物会向光生长，人也一样。这是生物学者 Hope Jahren（霍普·洁伦）的一句话。我们从对植物的观察、了解和共处中，得到的启发与慰藉，也是同样的生生不息，蕴藏着无穷无尽的能量。

# 到自然中去

在翻译《四季餐桌》这本书时，我留意到作者笔下经常出现这样的句式——去森林里散步，我捡到了什么什么……去海边散步，我发现了什么什么……路过一片农田，我被什么什么的美吸引……

这本书的作者——瑞典餐桌布置艺术家凯瑟琳娜女士，她所有餐桌布置的灵感都来源于她去散步的森林、海边、农田，那些苔藓、树枝、贝壳、蔬菜，在她手中都变成了美丽的装饰。而后，我多次赴瑞典，看到了那些给予凯瑟琳娜灵感的自然之地，也拜访了瑞典很多艺术家、设计师，"自然"这个词被他们屡屡提及，虔诚如信仰一般，深入他们的灵魂。

由于夏日短促，冬日漫长，瑞典人也因此对自然更加敏锐。他们从百灵鸟和鹤的迁徙与雪莲花的盛开中得知春天来临的信息。这时，人们会用树枝、羽毛、黄水仙布置春日的餐桌。而到了五月，他们又会用花草树枝编成花环戴在头上，围着花柱跳舞庆祝仲夏的来临。夏日和秋日，则会提着小篮子去森林里采野草莓、蓝莓和各种蘑菇。大自然的赠予如此慷慨，也让懂得欣赏自然之美的人从中获得了更多的乐趣。

带叶子去瑞典看看！那一刻起，我心里就这么想。是的，一定要带她去感受下"瑞典式的自然情怀"。

叶子二年级的暑假，这个小目标就实现了。我们去斯莫兰森林里野宴，体验了一把瑞典式"到自然中去"。

当我们到达斯莫兰时，天公不作美，一直下着雨。在开进真正的森林前，野宴指导 Emma（爱玛）小姐给每个孩子发了一个小提篮和一张任务单，带领孩子们在花园中寻找亚罗、醋栗和香葱，这些好看的植物也是当天要入菜的配料。

当我们在淅淅沥沥的雨中走入森林时，真的被眼前的景象震撼了。好古老的森林啊，就像在童话书上所看到的那样，高大的树木、林间起伏的土地、布满苔藓的石块，这些都是人类永远无法凭空创造出来的事物，却比人造的任何东西都更加精致。我们穿着雨衣，踩着泥泞，走向森林深处……

当为野宴准备的那张木质长条餐桌真的出现在眼前时，所有的人都兴奋了起来。这种林间野宴的场景，我多次在旅游宣传图片和视频中看到，此刻它就在眼前。雨还在下着，我们在遮雨棚里坐下来，从背包里取出准备好的咖啡壶、茶杯和点心，Let's Fika（让我们开始茶歇吧）！

Fika 是瑞典独有的一种文化，类似下午茶的形式，但不能简单翻译成"下午茶"，因为在一天中的任何时候，大家都可以坐下来，休息一会儿，喝杯咖啡，吃点点心，哪怕有再头疼的事，Fika 完了再说。

就像当时在雨中的那一刻，我们吃了蛋糕，喝了滚烫的咖啡和热茶，每个人都能量十足。Emma 让小朋友们再拿出任务单，照着上面所列的图片去寻找最重要的鸡油菌，并再三叮嘱她们，无论采到什么，都不可以直接放入口中，一定要让她确认，才可以烹饪或食用。这也是野外采摘必要的安全常识，对孩子来讲，这真是一次难得的体验和挑战！

孩子们在林中散去，隐约可以听到她们彼此呼唤的声音。在这次旅途中一共有五个小朋友，最大的姐姐十二岁，最小的妹妹才四岁，其实我们这些妈妈是有点担心的，下着雨，还是在这么古老的森林里，她们真的可以找到吗？

森林幽暗而深远，四处弥漫着雨水、泥土和树木散发出的湿润气息，似乎还能听到植物生长的声音。低头捡起一片落叶，小小叶片上倒映着整个自然演变的复杂与美丽，人们生活在植物的荫蔽中却常常对它们熟视无睹。

这时，叶子爸爸提着一篮苔藓、松果从远处走来。他乐呵呵地对我说，你要用这些对不对？嗨，真不愧是我带出来的家属，知道这些是我布置餐桌用得上的东西。森林中苔藓唾手可得，不仅有绿色的，还有灰白色的，搭配在一起，甚是好看。此外，松果、树枝、好看的蕨类植物到处都是，和小果子搭配在一起，让餐桌既自然又有充满仪式感的美丽。

就在餐桌快布置好的时候，孩子们胜利归来了。每个人的篮子里都是金灿灿的鸡油菌，散发着幽幽的香气，多么诱人啊！

小姑娘们按照 Emma 教的方法清理蘑菇上的脏东西，并把香葱择干净。其他人一起动手切土豆、切亚罗、切香葱和厨师提前猎来的野猪肉……大人孩子一起忙忙碌碌、欢声笑语的场景，居然让我联想到了除夕夜，这种欢乐的感觉，是相通的。

我们拿出准备好的卡式炉做饭，如果不下雨，则会用木柴生火。当时问到 Emma，第一，瑞典的森林里随便采摘合法吗？第二，瑞典的森林不防火吗？

这就要说到瑞典一项独特而古老的法律：Allemansrätten（公共区域使用权）。所有人（包括外国人）都可以在瑞典任何自然环境中露营、野餐、采摘。当然，权利附带着义务，漫游者被要求"不能留下痕迹"，即垃圾要打包带走，不能破坏生态和环境，不能打扰到其他人。另外，瑞典的森林在潮湿的季节是可以野炊的，如果当年天气干旱，政府会明确发布禁止野外明火的官方禁令。这项法令也是瑞典人世世代代如此迷恋自然的成因。对大自然深入骨髓的欣赏，来自他们自幼生活的环境。

当一切就绪，碰杯的那一刻，每个人都很动容。

孩子们在森林里采蘑菇、玩耍、发现各种神奇的植物，并吃到了自己亲手采摘、加工、烹饪的美食。这样的森林漫游和真正的野宴，是一次多么特别的体验！短暂的旅行并不能改变什么，但美好的感受会像埋在生命中的伏笔，在未来的岁月中点燃某些未知的火花。

　　就像当叶子看到甜品店里蛋糕上装饰的一串儿红色小浆果时，会两眼放光地说，醋栗，这是我采到的醋栗！

　　当她发现院子里草丛中长出一簇白蘑菇时，也会想着查一查这是什么蘑菇，是否有毒。

　　如果她翻阅书籍时，对那些自然中的名字多几秒凝视，就会在脑海里多一点缤纷的色彩和美丽的想象；如果她能对身边的树木、植物多一分观察，就能多一点感知，多提出一些为什么，也多一分再次踏入某片神秘丛林的可能……

## 画远处山色，画近处水声

一进公园大门，叶子和小伙伴的脚步就快了起来，他们一边往前跑着，一边四下张望着、寻觅着。

"小何老师！小何老师！看见你啦！"

远处桥边，一个清瘦的戴黑边眼镜的男孩正冲他们招手，几个孩子朝他奔跑过去，亲热得像久别的好友。

桥边的大树上，已经挂好了悠悠的吊床，桥头前，则摆好了画桌、小凳子。桌上铺着灰色的毛毡毯，笔墨纸砚摆放得整整齐齐。这是全套货真价实的文房，并没有因为出外写生而被换成塑料瓶子或简易画板、画纸。每个青瓷的笔洗里，还漂浮着一朵春天嫩黄的小花……

这让我想起我小学时的美术启蒙老师——她五十多岁，穿着和气质都与众不同。她带我们去写生，在北师大的花园里、大戏台前，给我们讲怎么用水彩，怎么配色，怎么观察花草，还说不仅画画，做菜也一样要色彩搭配得漂亮……她可能是教我时间最短，但留给我印象最深的美术老师了，那份记忆，就和眼前的景象一模一样，有花、有草、有树叶投下的斑驳的影子，空气里有植物的芳香，四处是透明的阳光……

叶子喜欢画画，但怎么让孩子学画，是我一直都在思考的问题。叶子还很小的时候，我就留意观察五花八门的美术班，判断的标准很简单——孩子们画出来的画千篇一律的不选；只为追求创意和技法，而毫无美感的不选；老师看上去油腻而着急的，不选；老师喜欢用成人思维评定、套路孩子作品的，不选；教学环境没有美感的，不选……

就这样，叶子六岁之前，都只是跟着我随便画，从没正式跟老师学过，直到我们遇到了小何老师。

在这个儿童实验水墨小课堂上，有精致的纸张笔墨，画桌上的花瓶里插着雅致的竹枝花朵。每个孩子的涂鸦之作，都会被老师认真对待，为他们的作品配好画框，郑重地装裱起来。画蔬菜瓜果时，老师会去菜市场买来蔬菜瓜果；画花朵植物，画桌上就摆好了花朵植物；画山川大河，老师会做好丰富的影像图文资料和孩子们一起分享，从各个角度感受和畅想……

小何老师把齐白石、八大山人、石涛、牧溪、吴冠中等这些大师的经典画作一张一张地讲给孩子们听，画画时，他简单示范后便不会再插手，而是安静地看和陪伴。遇到问题时，他带孩子们仔细观察，告诉他们方法，顺着他们的思路，鼓励他们最终完成画作。

而当孩子们快画完时，我还注意到小何老师的一个小动作——他会偷偷把自己刚刚示范的画藏起来，或悄悄扔了……

问他为什么，他不好意思地说，这些画不能和孩子们的画同时出现。因为自己是有意识地想画好，孩子是无意识地画得好，还总有意想不到的精彩和动人之处。他们的画不像老师的，也不应该和老师的放在一起比较。他们的画或许更有意思。

不同的季节，小何老师都会带孩子们去写生。

春天的小草、夏天的荷花、深秋的稻田、冬日的枝丫，那么多妙曼生动的自然变化在我们身边生生不息，我们却很少停下脚步仔细欣赏。孩子们的画，也一次一次提醒我们这些大人，忘记烦忧吧，去享受那些自然带来的唾手可得的美好。

画荷花的时候，小何老师捡来荷塘里折断的莲叶，让孩子们抚摸叶茎，那些刺刺的东西，就是大画家笔下的墨点。

他还会让孩子们在团扇上画下眼里的风景，然后像变魔术一样从兜里掏出各色扇坠，充满仪式感地为每把扇子绑上。

　　他用小西瓜当镇纸。夏日的傍晚，在向日葵园，孩子们笔下张牙舞爪的葵花画完最后一笔时，他便切开"镇纸"，看娃儿们贪婪地挖着红红沙沙的瓜瓤，就像在庆贺这如画的金色黄昏……

　　谁又能想到北京还有成片无际的稻田呢？在一片金灿灿中，他准备的赏析画作，有白石老人的，更有凡·高、柯罗……那日叶子笔下的稻穗如食人花一样猖狂健硕，仿佛里面还携卷着在稻田里狂奔时的欢畅……

　　自然，才是人类最深刻的慰藉。画画，正是人通过视觉汲取大自然的知识与信息，再加以分析和创造的过程。无论何种形式的创作，都是建立在感知力的基础上，而超强的感知力，又恰是源于这种对自然的细致观察和体验。

　　丰子恺先生在谈绘画时说："借这种研究来训练我们的眼睛，使眼睛和心灵变得敏感，来美化我们的生活，使我们的人生多一些趣味。"

这种说法，是当我也开始学习水彩绘画后才感触更深的，在涂涂抹抹的过程中可以感受到——当你手里有一支画笔时看到的世界，和没有画笔时是不同的。

这种不同，让你可以看到云朵的虚实冷暖，可以留意到花朵的卷舒姿态、绽放凋零，更可以从眼前平凡暗淡的景象里找出一种超乎现实的美感，这可能也正是我们希望通过绘画给予孩子的美的感知力和美的修养吧！

而这一切，都需要一位可以与他们一起，蹲下来，用清澈眼睛去发现美感的老师、父母，需要一起分享这种快乐的伙伴，需要一种长久的耐心与陪伴……

# 一百种颜色的"富养"

"妈妈，你画的白花上怎么这么多颜色？"叶子站在桌旁看着我手里正在画的水彩画问道。

因为白玫瑰也并不是简单的白色呀。我边说边指着参考的照片让她看。你看，花的右边在阴影里，是不是发蓝紫色？这边被阳光照射，是不是有浅浅的黄色？这个花瓣靠近叶子，有一点点绿绿的感觉对不对？

叶子看着，似懂非懂。她又问，那还怎么能看出是一朵白花？

我笑着说，你等我画完了，它肯定还是白花，还是有立体感的白花呢。

一朵白花上为什么有那么多色彩？这也是在我开始画画之后才慢慢体会到的。画画是对眼睛和心灵感知的训练，当手里拿着一支画笔时，看到的世界就和以前不太一样了。

叶子也拿出她的水彩笔，在一百种颜色中挑来选去，画下中黄色的山峰、草绿色的小鸟，悬挂的缆车是墨绿色的，而下面的树木是浅浅的樱花粉色。贯穿画面的列车她仅用黑色细线勾勒，在画纸下方飞驰而过。她画的是在台北坐缆车和小火车的经历，那一幕在她脑海里原来是画板上这般充满阳光和春天色彩的景象啊。

在叶子很小的时候，我就热衷于为她挑选彩笔。从最开始的无毒可食级别宝宝蜡笔，到彩色铅笔，再到她四岁时，我给她买了一套足足有四层的一百色水彩笔套装（当然也有私心，我也可以用）。很多人觉得给孩子买彩笔不用很贵，十二色、二十四色就够了，价格也选便宜的就好，毕竟他们只是涂鸦，但我不这么认为。

当你眼前有十几种绿色时，你的选择其实就是对感知的一种发掘。树叶是什么颜色的？除了草绿、深绿、墨绿，是否还有其他绿色？树叶在阳光下会不会变成柠檬黄色呢？灰色、蓝色为什么不会出现呢？挑选彩笔本身就是思考和观察的进一步加深，用什么样的颜色表达自己的感受，也是画画本身给人最愉悦的体验部分。

我小时候只有十二色的水彩笔，小小的纸质水彩颜料盒里也只有十二个小色块。在还不太懂得调色的时候，我的世界就被圈在了这十二个颜色里——小河是蓝色的、花儿是粉色的、太阳是红色的、树叶是绿色的……反反复复。我还记得上中学后，第一次看到美术馆旁边的百花美术用品商店里陈列着整整一架子彩色马克笔时的震惊，每个色阶都有那么丰富的变化，那些整齐排列的色彩仿佛带来一种眩晕感，这种眩晕是对眼前世界的无限延伸和探知。

因而，我希望女儿从小就可以感受到色彩的魔力。

在颜料、彩笔和画纸上的投资我从不吝惜，在这方面可以说是完全的"富养"，对她的要求也只是"物尽其用，不可浪费"。家里随处可见的画笔，让她在任何想画画的时候就可以立刻开始。

水彩笔、彩色铅笔、油画棒、水彩颜料、色粉笔……这些不同质地的颜色画在纸上表达出的效果也非常不同：水彩笔画出的颜色是明亮而肯定的，彩色铅笔却要削得尖尖的，用细腻的线条一层层叠加，表达色彩丰富的变化；质地出色的油画棒画下去有一种柔软的触感，明亮的色彩和厚重的质地给人的感觉是立体的；色粉笔画在纸上不仅颜色明快、有丝绒般的质感，还可以用手指涂抹增加色彩的柔和度；水彩颜料和水遇到一起则会出现意想不到的扩张、变化和流动，有一种浪漫且柔和的效果……让孩子早早感受到这其中微妙的区别和不一样的表现力，并不一定是要培养他们当画家，而是丰富他们的感知力、好奇心和对绘画的想象。

白玫瑰的花瓣在我笔下一点一点呈现出来，那些灰紫的阴影，那些暖黄的亮部，那些花瓣卷曲部分的微妙色彩都重回到它们该有的位置，在渲染完背景后，只有白色的花朵，白得发光。

"颜色是相互对比、映衬出来的，我们看到的、感受到的，也许和真实的色彩截然不同，或许里面还带着某种情绪的影响，这些你渐渐都会了解的。"我看着画面，在心里默默地对叶子说道。

而此时叶子笔下的缆车和游乐园已经画完了，她换了水彩，正在用橘黄色的颜料涂一只海豚的身体。忽然，她愣住，笔停在半空，好像想起了什么。过了几秒，静止的画面又动了起来，她眼神转向我说："妈妈，我想喝你做的南瓜汤了，一滴一滴加奶油的那种。"说完，继续给这只海豚涂抹奶油南瓜汤的颜色。

## 自然，是永恒的慰藉

一开始，叶子是矮矮小小的，看到的是土地上的小草，叶缝隙间爬过的昆虫，春天绽开的二月兰和夏日飘浮的蒲公英。

当她渐渐长高，一丛丛开满花朵的灌木就和她开始对视。枝叶上有清晨的露水，树干上有歇息的蜗牛。抬头，是阳光穿过树叶斑驳的光影；低头，会看到地上落满秋日的黄叶。

我会指着夕阳对她说，"看，快看，多美的颜色"。

我会指着夜空对她说，"看，快看，那有一颗星星刚刚浮现"。

想让她看到的，是这万物的变化，草木的生长，南去又归来的飞鸟和升起又落下的潮汐。

希望她感受到的，是这颜色、气味、自然的变化、音律回旋之间的美妙。听得懂冷风从山楂树间吹过的声响，也会为开满欧石楠的荒野而落泪……

希望那飘落的秋叶、西沉的落日会令她动容，寂静的山谷和奔腾的河流也会让她对万物更加宽容。

还希望她能记住那些美丽的名字啊——鸢尾花、月见草、矢车菊、雪滴花……

它们会在不经意的时刻给人陪伴、安慰，用绽放的花朵照亮那一瞬间人们的面庞。

当写下这些文字时，整个世界正经历着漫长的新冠疫情，八岁的叶子，看到了人间的悲苦与无力，也经历了足不出户的暗淡时光。她沮丧地说："都不能出门旅行了，也不能出去玩儿……"但我也记得，院子里藤架上，第一串紫藤花的绽放给她带来的惊喜；被精心呵护的薄荷疯长后，她将枝叶剪下，亲手做薄荷茶时的欢欣。还有春天，她送给我的桃花；夏日，晨跑后她拍摄下的美丽荷塘；秋日，她用落叶做成的画；冬天，期待落雪时的心情……这些，不正是自然万物每时每刻都带给人的慰藉吗？

我们曾一起看过一张照片：一个穿着防护服的医生推着病人去照 CT，他停下脚步，陪已经住院近一个月的老者欣赏久违的日落。看照片时的叶子也许还不懂这落日于人的意义——自然生生不息，日出日落，花开花谢，人的生命却如此脆弱。我们多希望从这亘古不变的自然中汲取能量，让每一次新生、每一缕阳光，带给我们新的希望。

就像口袋里装满了种子的花婆婆，她能想到的"让世界变得更美"的办法，便是把美丽的鲁冰花种满乡间的小路边、教堂旁，还有每个她经过的角落。

还有《最后一片叶子》的故事。老画家耗尽生命画在墙上的一片枯叶却给了奄奄一息的病人生的希望。那一片边缘已经枯萎发黄的叶子倔强地挂在枯藤上，给凝望它的人注入了无限的力量。

当春天到来，即使遥远北方的冻土也会向阳光服软，人间再多的悲苦，也无法阻止春花的复苏与绽放。

我想说的是，亲爱的孩子，早晚你会知道，这世间的植物、山川、江河、海与生灵、与日出日落、与悲欢离合，一切的一切，是如何彼此关联。而最终给你慰藉的，有可能是一棵正在萌发新芽的树木，一缕穿透寒冷的阳光。

# 第四章
## 一起开启旅途之美

*You're
the Best Thing*

*That Ever*

*Happened
to Me*

# 每年生日的小旅行

在叶子上小学之前，每年十一月初，全家都会一起出游，因为这是她的生日月，我们以旅行的方式庆祝她的成长。

每次选的都是飞行时间不超过四小时的地方，像海南、台北以及冲绳、东京……行程计划也都非常简单，订一个舒服、有特色的酒店，安排轻松舒缓的亲子日程，主要就是为一家人可以二十四小时混在一起，聊天，吃东西，瞎逛，开心玩耍。

叶子像所有的小孩子一样，提前一周就想收拾行李，前一晚会睡不着觉，在去机场的路上欢呼雀跃，在回来的前一晚表示不开心，没玩儿够。

我们都是这样长大的。或许去过的地方不同，但和爸妈一起出门的心情，是一样欢快的。平时，做父母的有很多借口，能抽出四五天这样二十四小时亲密陪伴，总会留下一段不一样的旅途记忆。

最初的两年，叶子还小，我和叶子爸爸为出门要做的准备可谓事无巨细。婴儿车、奶粉、尿不湿、煮粥的小电锅、齐备的药品、安抚玩具……出门四五天，得装满整整两只大号旅行箱。过去两人旅行的轻松浪漫荡然无存，经常会觉得精疲力竭，比在家带孩子累多了……

也许正是这个原因，很多人反对带年幼的孩子出门旅行，觉得没必要，但我依然乐在其中。那些抱着她、拉着她、和她一起走过的路，那些腻在一起的日日夜夜，那些分享一切所见所闻所感的时光，还有纪念成长的仪式感，是无法用"累不累"和"值不值"来衡量的。

好几次，我们去台北。流连在安静美丽的青田街，在永康街的小店里吃东西，去诚品书店看书，去看日月潭，也去看大海。台北的饮食适合年幼的小朋友，人情风俗也基本一致，但眼前所见耳边所闻又是那么的不同。这被我称作"轻旅行"，在叶子一岁到三岁的阶段，无论是去台北，还是京都、东京或曼谷，基本都是本着这样的想法。

此外，一次次去海边的记忆也是轻松而美妙的。

看小女孩在沙滩上认真地玩沙子、堆沙堡、捡贝壳，总是很美的。这画面看过很多次了，总也看不够。只是画中的小女孩一点一点长大了，胳膊腿变得细长，动作也渐渐没那么蠢萌了。

小叶子捡贝壳，不管好的，破的，都要捡起来，当宝贝似的放进小桶。她要用这些搭一座公主的城堡，镶满宝石。离开的时候，她又会把贝壳重新收集在一起，用沙土埋起来。她说，这样，小贝壳还能长大。

她还在沙滩上发现很多欢快乱跑的小寄居蟹，它们躲在漂亮的贝壳里，人一接近，就会缩起来装死。小叶子不敢靠近它们，远远看着，也不让我们去吓走它们……

渐渐地，她开始对海的那一边或那一边的那一边是什么有了更多的好奇，也会琢磨海水的颜色为什么不同，有的沙滩为什么是白色的……反复造访同一类风景，虽然不如新类型的目的地刺激，但也会让感知的程度加深，在内心深处对同一主题留下更丰富的记忆。

六岁那年的十一月，也是学前最后一次"生日小旅行"了。之后的时间没有那么自由了，只能在寒暑假安排出游。六岁，也是一个划阶段的年龄，这一年，叶子明显比以前长大了很多。

那次我们去冲绳，住在一家很特别的酒店里——一栋独立的三层白色别墅，临近海边，周围是无边无际的甘蔗田，其间交纵着几条小路，几乎没人，连路过的车都少见。

接待我们的日本帅哥留下了电话，出去玩儿随时开车来接送，还会在晚上送来第二天的早餐，三明治、酸奶和沙拉……生日的那天晚上，日本帅哥居然特地开车送来一份小蛋糕，一根蜡烛，用漂亮的盘子托着，盘子上用巧克力写着"Happy Birthday"。

在旅途中遇到的关照和惊喜总让人感动。小叶子欢快地笑着叫着，说这是最美的蛋糕。她双手合十，龇着兔牙，在跳动的烛光中许下了心愿。

吃饭的时候，小叶子忽然感慨，"我都整整六年了"。

我抬头看她，紧接着，她又说——

"吃了六年……"

"玩了六年……"

"拉了六年……"

然后就哈哈哈哈地坏笑起来。

话落到屎屁尿上，就算落到重点上了。

她对自己的出生和"小时候"总是充满兴趣，还有一次问我："妈妈，你是不是当时也没想到会生出我这么好玩儿的一个小孩？"

嘿别说，我还真没想到。

这六年，养这样一只小叶子，确实，带给我的辛苦远远不及欢乐多。

六岁的小叶子对年龄也越来越敏感。在她的脑子里，有很多衡量年龄的标准和尺度，比如，七岁，身高就可以够去大阪环球影城哈利·波特城堡的标准；十岁，有可能和妈妈一样高了；二十岁，就可以挣钱买项链和高跟鞋……又总会想着想着就贴到我身边嗲嗲地说，"可是我想一直当小 baby，一直不离开妈妈……"

当妈妈的可能都有这样心里酸爽的瞬间，想到，很快，她耳机里听的歌，她读的书，她喜欢的偶像，她脑袋里的思想，就都会像一堵一堵的墙，将我们隔得越来越远，这样孩子气的话，也许只能听短短的几年……

但其实，这样孩子气的话，又何止是从六岁的小叶子嘴里说出呢？

一天，看到酒店自助餐厅里进来一队老爷爷老奶奶，叶子问我他们是谁，我说这是老年团，就是老头儿老太太们一起搭伴儿去旅行。叶子看了半天，说："那你以后也会加入老年团吗？"

我说："也许吧，不过……不过到时候我还想和你一起出去玩儿，你带我玩儿吗？"

一个四十几岁的妇女说着和六岁孩子一样的话。

"嗯！"叶子使劲儿点头，脸上的担心一扫而光，一副很开心的样子。

## 看不一样的人和生活

日本，京都。咖啡馆里，进来几个穿着美丽和服的日本姑娘，叶子的目光像被线牵着，一直跟着她们，看着她们和店员打招呼寻找座位，看着她们点咖啡，小声地交谈、说笑。

"我觉得穿这种衣服的女人都特别特别漂亮，而且特别特别友好。"叶子说。

每次来日本，叶子都有各种评价。上次在逗子街头，我们排一百多人的长队等一支冰激凌甜筒，叶子回来这样和姥姥描述：队伍排了一整条大街，但到路口，排队的人就会让开一截，不会挡着路口进出的人和车。

小朋友观察真是细致。

这几年带着叶子四处旅行，走走看看，虽然辛苦，但乐趣更多。尤其是她渐渐长大了，每到一个地方，都可以看到不同的人和不同的生活。每个地方的气候、温度、天空的颜色、食物的味道、语言的声调、人的感觉，都是不一样的。这种差别——人和人的差别、每个城市或国家之间的差别、食物风味的差别、生活和习惯的差别，都会装入她内心感知的"抽屉"，成为她经验和想象的一部分。

比如在日本，她知道了这里的筷子是尖头的，而且摆放的方式也和中国不一样，中国的筷子是在右手边竖着摆放，而日本的则是摆在用餐者的正前方、餐盘的下方，而且是横着摆的；再比如，这里的传统房间铺的是榻榻米，进门一定要先脱鞋，而且要把自己的鞋子在玄关摆放整齐；进餐厅，说话一定要用"悄悄的声音"，但如果是一家吃烤肉的韩国餐厅就没关系啦，可以大声哈哈哈哈地笑和"干杯、干杯"地碰杯子……

虽然每次出门我总会给她讲这讲那，但很多事情，孩子透过她自己的眼睛便了然于心，甚至会发现很多更有趣的细节，好奇地问出无数的问题。

就像这次来京都，她对街头穿和服的女生特别感兴趣，每次见到都看很久，问这问那，一脸向往。她们为什么走路这么慢？她们怎么上厕所？她们是古代的人吗？她们都很爱笑的哦！

"走，我们也去穿和服吧！"我拉着她来到街角一家出租和服的商店，里面挂满了五颜六色的和服和各种好看的装饰品。小叶子坐在长椅上安静等待，显得羞涩又急切。她趴在我耳边悄悄说："换完衣服，你能再让这里的姐姐帮我梳梳头发吗？"

姐姐帮她穿上和服最里面白色的内衬，然后是一层长襦绊，用腰纽固定，之后便是小叶子亲自选的樱花图案的和服了，一层一层细致穿好，再将多余的衣料折在腰部，用前板挡住，又系上腰封……这真是个漫长的过程啊，小叶子安静顺从得像一只美丽的布娃娃，在镜中打量着自己被一点一点装扮起来，羞涩地隐藏着心里的欢喜。

一切都好了，此刻的小叶子已经是温柔的小碎步捱着，红着脸笑，不说话了。一直走出门好远，她才急急地拉我说："妈妈，你的'红嘴唇'带了吗？"

那天京都的阳光格外明媚，她光着小腿儿走在冬日的小巷之中，感觉自己比谁都美。难得顺从地让我拍照，永不说累，穿着木屐的小脚一路踩出清脆的声音。

街巷里每家每户的门前都有花。有的栽着几排超大的三色堇，很多紫色和乳白色的叶牡丹，还有京都冬日随处可见的结着红果的南天竹，参差婀娜，自带几分古意。

在寺庙祈福，叶子挑了一只樱花粉色的小锦囊，在上面画小爱心，写上歪歪扭扭的名字，我帮她挂到佛前，无数彩色的锦囊挤在一起，煞是好看。高台寺这边叶子两岁就曾来过，那时宝宝车里坐着的小孩，如今已经咯嗒咯嗒地踏着木屐走在街头了。

又一群嬉笑着擦身而过的和服女生，叶子端望片刻，悄悄说："她们和我一样，也是扮演的，我刚才在化妆室看到过她们……"

# 博物馆能有多好玩

小时候，我最爱去的博物馆是安贞桥旁边的中国科学技术馆，因为它和其他隔着玻璃看石头的博物馆不同，里面各种阐释科学原理的展品，都是可以互动体验的，说白了就是可以去玩儿。表面张力的实验就是吹泡泡，可以直接上手玩的七巧板、九连环，还有在轨道上运转的小火车，小球弹出的展示让人看得目瞪口呆……

玩儿，才是孩子接受各种知识、探索未知的初心。

想象一下，如果博物馆里的一切都活了，霸王龙和匈奴王破坏了大理石走廊，雄狮和猴也一起出来散步，会是怎样的场景？可爱的帕丁顿熊要被坏人做成标本是不是很恐怖？这些是电影《博物馆奇妙夜》和《帕丁顿熊》里的场景。博物馆聚集着那么久远的历史和丰富的传说，在这基础上的想象和创作，一定会让人着迷。

叶子六岁那年冬天，我们第一次带她去伦敦，电影里反复提到的伦敦自然历史博物馆是行程上的必选项。在各种故事的渲染下，叶子满心好奇。更何况那古老壮观的维多利亚式建筑本身就充满吸引力，加之一进门通往地球深处的扶梯、奇妙的灯光、长达三十三米的蓝鲸骨架……每一个角落都让人张大眼睛和嘴巴。这一切让这趟博物馆的探索之旅不需要热身，瞬间就已经展开了魔幻的色彩。

小叶子对各种宝石、动物、昆虫标本充满兴趣。一个个展厅，浓缩了整个地球的生态圈。各种展示都配合互动和高科技声光电装置，并不像我们小时候趴在玻璃外面看石头那么枯燥。馆内还有专门的儿童区域，有小剧场的真人情景科学剧演出，有年轻的工作人员带领小朋友认识标本、矿石和各种好玩的东西。

第二年的夏天，在瑞典的马尔默城堡博物馆我们再次刷新了对"博物馆能有多好玩"的认识。在动物标本和水族展区，展柜下面会忽然出现一些黑洞，钻进去，孩子的小脸就出现在了展柜或水族箱里，和那些古老的动物同在一片森林、一片海底，他们瞬间"进入"那个神秘的世界中，让孩子们充满了惊喜与探索的渴望。而"脑电波"的力量被开发成一场角逐的游戏，头部佩戴的传导器"发箍"，让脑电波 PK，心静的一方胜出，我这个脑袋里满坑满谷杂念的人自然是小叶子的手下败将。

这世界的种种精彩，被浓缩在各色各样的博物馆里，它们以各种方式，向人们展示着其中的奥秘。一八八八年，美国史密森学会助理秘书长乔治·布朗·古德在谈到博物馆时说："博物馆不应该成为古物的坟墓，而要成为新思想之策源地。"在这里，书本上抽象的知识变得生动，可以用闻所未闻的一切启发想象。博物馆不仅是观看过去的文明的所在，更是对现代的思考和未来的展望。

这里也并没有孩子和大人之分。在宏大的自然和历史面前，人会发现自己是多么的渺小。无论什么年龄与学历，都需要不断弥补自己的无知，让人内心的狂妄自大无处遁形。

# 走到美术馆中去

陈丹青曾感慨，人到了美术馆会好看起来——有闲阶级，闲出种种视觉效果；文人雅士，则个个精于打扮……而那些站在画作或雕像前的人，静下来了，目光格外纯良。

在英国国家美术馆里时，忽然想起这句话。这里就有很多这样好看的人——

一位白发苍苍的老太太，站在伦勃朗《六十三岁自画像》前，用铅笔在素描本上临摹；一对年轻又时髦的少男少女，耳朵里塞着耳机，正用炭笔在画板上勾出柯罗风景画的轮廓；还有很多很多的孩子，穿着校服，和小叶子一般大小，席地而坐，听老师讲解眼前的莫奈、委拉斯贵支、波提切利、拉斐尔、达·芬奇、凡·高……

羡慕这些被如此"富养"的孩子们，从知道凡·高的名字开始，便与眼前这些画家笔下真实、清晰、近在咫尺的笔触相互对望。他们可以从莫奈晚年粗犷自由的用笔中，看到一个老者心里所沉积的光影与色彩。还可以看到《镜前的维纳斯》女性人体流畅富于节奏的线条，这是十七世纪宗教严厉环境下西班牙的第一幅裸体像，也是目前唯一幸存的委拉斯贵支创作的女性人体画作。

美术馆里不允许拍照，实际上，这样才能把更多的机会留给眼睛。

在一切图像可以轻易被镜头捕捉，一切信息都能随手搜索而来的时代，用眼睛和心去看和记录，反而成了一种奢侈。

叶子学着展馆里小学生的样子，用铅笔在自己的小本上瞎画着。她从还在婴儿车里的时候，就跟随我看各种画展了。对她而言，这种"看"是漫无目的地"看见"，但那些色彩、颜色和图像组成的节奏，美术馆里静谧的氛围，画面散发出的油彩或纸墨的气味，一定会存留在她的内心深处。她会知道，这里，是美的所在，是需要用心和眼睛去静静观赏的。

仅仅一年后，当七岁的她走进梵蒂冈恢宏庞大的博物馆时，已经能听着解说器里的讲解，一尊雕塑一幅画地慢慢看过去，没了小时候的毛躁与不耐烦。不管她那一刻能欣赏几分，在脑海里留下什么，这种敬畏与安静，正是美术馆可以带给一个孩子最好的东西吧。

我们从文艺复兴全盛时期的意大利和日耳曼绘画走到荷兰、意大利、法国和西班牙绘画，从一个墨绿色的展馆，走向一个暗红色的展馆，又走向一个中灰色的展馆……中间，叶子兴奋地看到了她图画书上见过的凡·高的《向日葵》、莫奈的《睡莲》，而她喜欢的那些风景属于塞尚和皮萨罗……

门外的特拉法加广场依然细雨蒙蒙，这样典型的伦敦天气仿佛是专门为逛美术馆而存在的——馆内是浓得化不开的艺术与文化，而当走出展馆，外面的冷雨扑面而来，把人拉回现实世界，让人游走在两种时间和空间之中，对真实的世界多出一分宽容。

## 你看木乃伊，我看瓷器

一到伦敦，叶子就不停地问，什么时候去看木乃伊？

在定下去英国的计划后，我就在给叶子的"预习功课"中讲述了很多关于木乃伊的传说。当她知道 mummy 既是木乃伊又是妈咪的意思后，就会大叫着："Mummy！这儿有个 mummy！"

她还从绘本中知道木乃伊身上有一条一条的绷带，他们曾经在金字塔中，他们是风干了的尸体，万圣节很多人会扮成木乃伊吓人……

于是，到了大英博物馆，我们马上奔向古埃及馆。

满足重口味小朋友的好奇心。

　　埃及文物馆分为木乃伊和埃及建筑两个馆，是博物馆中最大的专题陈列馆之一，那些大型的人兽石雕、庙宇建筑和碑文壁画让小朋友问出了一堆问题。可要知道，这些书本上记载的人类文明，她四十几岁的娘亲和六岁的她一样，也是第一次看见呢。

　　然后就是那些木乃伊了……

　　小朋友看得饶有兴趣，其中还有木乃伊制作的过程图解，各种工具，不管多么狰狞，她也并无惧色。那具大约公元前三千五百年被暴力致死并掩埋的名为"Gebelein Man（基波林人）"的木乃伊，身体蜷缩在一起，我有些不忍直视，但这并没有引起小叶子的不适……她甚至还愿意通过高科技互动的触屏来"解剖"这具木乃伊的躯体、骨骼和内脏器官……

　　直到看到一些小牛和小猫的木乃伊，才算是把叶大王震撼了！小手默默地伸过来拉住了我，小声说："妈妈，我有点害怕，咱们快走吧！"

嗯，快走！去看我的中国馆和九十五号中国瓷器馆吧。这是前后两次来大英博物馆我们必去的地方。在此之前也有约定，妈妈先陪叶子看她喜欢的部分，然后叶子也要有耐心陪妈妈看妈妈喜欢的部分。这也是我们众多博物馆之行中不成文的协议，让我们可以不求共鸣，各自欢喜。

中国馆除了许多著名绘画、塑像、瓷器、青铜器之外，在当年新开的展馆一角，大英博物馆利用 3D 技术呈现的明朝项圣谟的《秋林读书图》着实让人惊艳。很早我就在网上看到过，终于得以亲见，很奇妙的一种诠释。前一秒，画面是静止的，后一秒，便进入到画面中的古老山水间神游。

当你看一幅这样的国画时，可能从没想过可以跟随飞鸟进入画中，看山峦叠复、层林尽染，穿越茂密的枝叶，跨过溪流，与读书的古人在画卷中相遇。

这幅 3D 画，让叶子也久久不愿离开，我俩痴痴地看了很久，她可能也没有想到，那些小何老师曾给她看过的古典水墨画中，原来藏着这么辽阔而优美的世界。

从中国馆往上再上半层，就是九十五号馆。这里展示的是 Percival David（珀西瓦尔·大维德）的一千五百多件中国瓷器收藏，跨宋元明清四代，是世界上仅次于台北故宫的中国瓷器收藏馆。

一件件浏览那些釉色青莹的北宋汝窑长颈瓶、双鱼纹洗，紫口铁足的官窑瓷，雍正珐琅彩，景德镇斗彩，诞生于一三五一年的珍贵青花瓷对瓶……这些沉积了时光与历史的瓷器，美得沧桑而沉静。

当我拉着叶子的手，走向博物馆出口时，多半天的时间已经耗尽。大英博物馆实在太大了，我们的体力只能支持一窥其中小小一角，有待我们发现的东西如同宇宙，浩瀚无穷。但我们何必着急？也为未来在书本中的探索和下一次踏入博物馆的旅程保留一份期待吧！

# 博物馆商店奇旅

我们一家三口都是博物馆商店爱好者。每次看完展览，必定在博物馆商店里流连很久，三个小篮子里装着各自喜欢的物品，一起交给爸爸去买单。

二〇一九年，颜真卿特展在东京国立博物馆举行，我们特地在春节假期去东京观看。在饱饱欣赏完一百七十多件珍品后，我们仨在博物馆商店里选了书籍、明信片、书法便笺纸、南部铁器的镇纸，还有小叶子的一套超萌的"书法家卡通贴画"。这些东西后来出现在我的书桌上，也出现在小叶子假期的手账里，每一件都是一份当时的回忆。

日本的博物馆文创制作精致巧妙，每家博物馆偏向不同，商店的主打产品也不同。以"发现生活之美"著称的三得利美术馆商店中的杯子、餐具值得一看；东京国立美术馆商店则以艺术书籍种类多著称；六本木的森美术馆是东京最前卫的美术馆之一，我们去看新北斋展时，不仅对那里的文具、本子、贴纸爱不释手，更迷上了博物馆咖啡馆里的北斋主题下午茶。

　　英国的博物馆文创也同样能掏空参观者的钱包。据说大英博物馆的艺术衍生品年营收高达两亿美元，是其主要收入来源之一。当然这也是由于欧美博物馆大多免费开放，政府资金比例低促成的。我们作为参观者，也乐得多淘一些精致有品位的纪念品。

　　我们从大英博物馆带回了木乃伊铅笔盒、女王小黄鸭、叶子的"宝石套装"（各种矿石）；从 V&A 博物馆带回了艺术版画、盘子、古典服饰填色书、设计师环保袋……

去泰特现代美术馆看毕加索展时，叶子帮我挑了一只毕加索和平鸽图案的票夹，之后的很多次旅行，我都用它来装地铁票，只要看到它，就觉得心飞到了旅途中。

衍生品商店一般会设在博物馆大门口的显眼位置，而且不止一处，让人随时想买都不会落空。每次去博物馆，我都和叶子约定，看完展览，再去商店，让逛博物馆商店变成每次展览的 happy ending（快乐收尾）。到了商店，也会趁机带叶子再回顾一下这些商品上艺术元素的出处——"记得这幅画吗？""这个雕塑是在展览馆一进门的地方。""这套填色书上的画都是你刚刚看过的呢，要不要带回去自己涂？"

她选放在自己小篮子里的商品，最后会一一筛选，看看是否有这个博物馆的特色，是否值得购买，是否已经买过类似的商品，然后再想一想，有没有适合送给朋友的礼物。

渐渐地，不仅我和叶子爸爸对"博物馆商品"有了更多的经验，不会买回来之后发现是一堆百无一用的旅行纪念品，连叶子也具备了鉴别能力。她会举起一块橡皮说，这个橡皮虽然很好看，但摸着硬硬的，光能看不能用也不行；拿起一套书签琢磨，自己的书签是不是太多了，还不如选一个同样图案的文件夹……给朋友的东西也会仔细考虑，是不是适合呢？朋友会不会喜欢呢？

在这样的经验指导下，我们千里迢迢搬运回来的博物馆商品中，"美丽的废物"越来越少——那只来自丹麦路易斯安那现代艺术博物馆的小陶罐一直是叶子插花的最爱；那块沙发上的毛毯让人想起瑞典隆德民俗博物馆；茶几上放杂物的小托盘是苏州博物馆的精品；叶子最爱的"手账"小伙伴——"日出贴纸"，来自上海莫奈的画展……

从博物馆商店带回的物品，不仅仅是一件让人喜欢的商品，更是一件铭刻参观记忆的礼物，也像是一种召唤，让你对下次再踏入博物馆充满期待。

## 上飞机前，做好这些准备

当我第一次计划带六个月的小叶子坐飞机出游时，感到无比焦虑。我承认，当时受到很多负面信息的影响。比如，彼时闹得沸沸扬扬的"机舱里孩子拉屎"事件，那个家长还得意地将之秀上社交平台，声称孩子拉屎撒尿一秒钟都不能等。还有那些无穷无尽的吐槽，受到打扰的一方讨论如何用恶、损、狠招儿制服那些吵闹无礼的熊孩子，父母一方则声称孩子都是坐不住的，尖叫哭闹正是孩子的天性……

当这些信息被贴上"等你有了孩子就知道了"这个神秘且具有暗示性的符咒之后，我感到压力山大。既不希望自己的孩子被人翻着白眼称为熊孩子，更不想随波逐流，成为让自己都讨厌的那种熊家长。

为了那次出行思前想后，甚至几度想放弃。但当时，一个一年到头带着两个不到五岁的男孩四处飞的美国妈妈说了一句话，让我瞬间释然，她说："孩子不是问题，关键是大人。你首先要懂孩子的需求，而且要努力为一切可能做好准备。"

于是我开始了事无巨细的准备。对宝宝来讲，在飞行途中保护好耳膜最重要。起飞降落时，压力急遽变化，会造成喉咙直通中耳的管路内外压力不平衡，婴儿的耳膜薄，比成人敏感得多，这也是很多幼童在飞机上哭闹的原因，那不是因为他们"熊"，而是真的很难受。当然，是有办法可以尽量减轻这种痛苦的。

首先，是细致安排航班时间，选择一个她处于"睡眠状态"的时间段飞行，准备充足且方便取用的奶粉，在飞机起飞时喂奶，这样可以通过吸吮减轻耳膜压力，使她顺利进入睡眠。在飞机降落前四十分钟左右，渐渐把她唤醒，因为睡眠时耳膜发生气压伤的可能性会更大。下降时，喂水或吃些水果，同样是为了让宝宝不感到难受。当这一切都井井有条地安排好，那次旅行，女儿安稳度过，甚至一声哭闹都没有。

当然，我还准备了各种能吸引她注意的小玩具，甚至带了一个存好十集《天线宝宝》的 iPad（其实，那时候她根本没看过任何动画片，这完全是焦虑的我为救急准备的）；还有充足的纸尿裤，六个月大的小宝宝还不存在上厕所的难题；还有为防止呕吐而准备的衣物、干湿纸巾、必备药物和很多塑料袋。

登机入座时，我敏感地注意到旁边的男子因看到座位是挨着一个婴儿而暗暗皱眉，这让我更觉得紧张。但旅程过半，那个一脸严肃的男子也渐渐露出慈爱的微笑，称赞宝宝真乖。

飞机落地，滑行，停稳，当抱着女儿双脚重新踏上地面时，我像完成了一次大考，不禁长长舒了一口气。

后来，随着女儿年龄的增加，每个阶段，出行的挑战都有不同，每次外出前，我都会做相应的准备和不同的功课。这个过程让我渐渐战胜了最初的魔咒，确实，当我有了孩子之后，才知道很多孩子才会遇到的难题，也同样知道了，在出行的交通工具上，不做熊孩子并非是一件把火箭送上天的难事，真正难的是，家长拥有不断更新进步的知识和意识、日常对孩子良好的教育、以身作则的能力及出行前的悉心准备。

我愿意分享一些登机前的准备功课，虽然一切都不是万能的，这世界随时有无法掌控的事情发生，但多些经验总是会避免更多的麻烦。我们努力要做的，是让孩子从小懂得秩序、公德，体会到尊重和被尊重。

## 1. 不做熊大人

一定要把这一条放在第一位。

那些频发的飞机上孩子随意排泄、扰民事件你会如何评论？我只能说，这是大人的问题。体现出的处理方法和争论也都是成年人思想意识和文化素养的差异导致的。

道理永远非常简单：你是什么样，你的孩子就是什么样。成年人在儿童教育中以身作则的重要性，无论在什么文化中，都是被肯定的。回到飞机上也是一样的道理：要想孩子懂事安静，首先大人要做好的表率——不和人争吵、待人接物有礼貌、说话轻声温和不大声喧哗、懂得礼让和克制、不故意逗弄孩子或在众人面前粗鲁地训斥孩子。

这些说起来都是常识，但真的不是每个人都能做到的。说白了，再多的准备，也只是为一个日常教养良好的孩子锦上添花。

如果平时就生活在一个焦躁的家庭，大人无礼，孩子娇惯，那再多的建议也是徒劳。

## 2. 提前做好心理建设

女儿还小的时候，每次在旅程定下来之后，我就会和她讲：我们要去哪里，有一个什么样的旅行计划，你需要坐多久的飞机——四个小时是多久呢？就是我们可以讲几个故事，看几本书，吃多少好吃的，再睡一会儿觉……

那么这次在飞机上你可以玩儿什么呢？服务员姐姐会给你吃什么，喝什么呢？她又会怎么问你？你可以怎么回答？在飞机上说话要轻轻的，像悄悄话一样，因为不能影响到其他人看书或睡觉哦……

这些铺垫一是为了让她充满期待，二是让她懂得乘机的礼仪。即使不会交流的小宝宝也可以絮絮叨叨地和他反复讲一讲你们的旅行计划及他要知道的事情，实际上，婴儿从降生开始，就具有比成人更厉害的洞察力和感知力。

### 3.认真选择航班

当然，如果能选择一个正在宝宝睡眠生物钟上的航班是最好的，但不可能永远如意，况且，还有很多长途旅行的时候。有位妈妈在交流时曾说道，在长途旅行时，她宁可选择转机航班，因为把时间分割开，有一些活动和场景的改变，可以让孩子的情绪有所缓冲。当然，这么做父母肯定更加辛苦一些啦！

### 4.准备很多零食

平时你可能对孩子管教严厉，不许他吃太多零食，但这时候是例外。我们也会因回忆起童年春游时才能得到的额外待遇而感到特别甜蜜，没有什么比好吃的糖果、点心更让孩子们开心的了，尤其是那些平时被限制的食物。另外，你也无法预料是否飞机会延误或飞机餐是否难吃，所以，一大包零食永远是安抚孩子的旅途必备。还有一个小方法，可以和孩子一起去商店选择零食，然后放进他的小包包里，让他自己来安排，在几个小时的旅途中，先吃哪个，再吃哪个，这也可以给孩子增加一点自我管理的乐趣。

## 5. 提前上好厕所

上厕所简直成了中国父母的心头大患，但其实，真的没有那么难！

穿纸尿裤的阶段，每次登机前我一定要为孩子更换一次，降落半小时前也一定跑去卫生间换一下。刚刚摘掉尿不湿的阶段，为防止万一，在乘坐交通工具前，也会给她临时穿上幼儿拉拉裤，包里也会备用一二。

再大一些，我不介意变成"唐僧"，叮嘱她每次出门前，必须上厕所；登机前，再去一次；在飞机快要降落关闭卫生间之前，再一次。孩子可能会说不要尿尿啊、没有啊，这时候，家长的作用就表现出来了——可以劝服，可以讲条件，也可以命令。是的，必须！当这样的程序成了习惯，孩子也会自然而然地遵守。

所有的"不能等"都是因为积累而成（除非生理疾病），孩子往往贪玩，不会提前表达如厕的需求，只要父母根据自己孩子的生理特点把握好时间，不出现不可控的情况是完全能做到的。

## 6.不要忽视疾病

如果孩子出现头疼脑热、萎靡不振，一定要格外重视。哪怕多花些钱，改航班，也尽量不要带病出行。另外，有几种药是一定要随身携带而不要放在托运行李里的，包括治腹泻的药、过敏药、外伤药物、退烧药（包括冰贴），以及呕吐袋。

## 7.提前选择座位

尽可能提前在网上值机，为小朋友选择靠窗的位置，是的，大多数小孩都喜欢靠窗。但如果孩子需要经常去卫生间或容易晕机，那么靠过道和接近卫生间也是必要的选择。国内网上值机是不允许预订儿童座位的，他们属于"特殊乘客"（二至十二岁），所以我的做法是，用自己的名字和孩子父亲的名字占好两个理想的相连位置，另一个就听天由命了（如果单独带孩子出行，那只能早点去人工值机选座了）。

另外，国际上约定俗成的一种惯例是：身长不超过七十五厘米，体重不超过十千克的婴儿可以申请婴儿提篮，并坐在特定的位置。飞机上家长能做到的，就是在所有可控范围内，尽力做到最好、最方便。

## 8. 为他准备娱乐项目

可以是一个有耳机的 iPad，可以是一套填色本、画笔或小包装的乐高玩具、彩泥，你总要让一个自制力有限的孩子能安静地玩上几个小时并充满乐趣，这时候，就看你的创造力了。

那个美国妈妈还告诉我一个很棒的方法，她说，为了让儿子每次对飞机上的玩具感兴趣，她在旅行开始前的几天，会悄悄让那些准备好的玩具或书籍（孩子特别喜欢的）神秘消失几天，等它们再次出现的时候，也是一种"小别胜新婚"的感觉。

另外，她说，对大一点的孩子，不妨就拿那些平时不允许看的动画片或不让经常玩的游戏当成交换条件，那些在平时坚持的原则，在这种时刻，就成了诱惑。

但在此特别要说的是，无论玩什么，都要考虑到控制噪声，玩得高兴，但不要到兴奋得难以自制的程度，要知道，自家孩子的快乐，可以等于你的快乐，但并不是其他人的快乐。

我遇到过一个妈妈，在飞行途中依然督促孩子学习，这无可厚非，但她严厉地监督着孩子至少背了十几首唐诗、二三十个单词，然后又讨论了好几道数学应用题。我想那一刻这位妈妈可能是对自己学业优秀的孩子充满自豪感，所以她声量越来越大，孩子也越背越嗨，而其他人，真的很被打扰。

## 9. 带熟悉、舒服的衣物

登机要选择舒适的衣物，这一点谁都知道。如果是长途旅行，也不妨准备一条孩子最离不开的小毯子或睡衣，再抱一样他最爱的睡觉玩偶，这可以让孩子有安全感，像在家里一样舒服，从而不紧张。

## 10. 自己放松

最后一点也很重要，当你做好了一切准备，其他的意外，就随它去吧。放松自己，过度焦虑和"求好"心切也会影响孩子的状态，毕竟，我们是出门旅行，不是去做礼仪表演的。也要相信大多数人对幼童都有一定的容忍度，实在不行，大人做出及时的补救和诚挚的歉意，也会得到其他人的谅解。

# 第五章
## 是你，让我懂得了这些美好

*You're
the Best Thing*

*That Ever*

*Happened
to Me*

# 佛手打开是蜜桃

一座小桥平又平

小桥拱起是小山

小山合上是佛手

佛手打开是蜜桃

蜜桃打开是小花

……

[一]

最近叶子一直念这首童谣，每次她两只小手比画着张张合合时，我都觉得她特别可爱。当然，当妈的并没有自知之明，什么时候都会觉得自己的孩子很可爱，尤其是最近她又学会了甜言蜜语。

一天，她走着走着忽然对我说："妈妈，虽然很多人都爱我，但我只爱你。"我瞬间骨酥肉麻。四岁半的她观察着我的表情，紧接着说，"你快也对我这么说呀！"啊哈，看来知道是好话，在试效果呢。

她也会在她爹做了一件什么"了不起的事"之后深情地说："爸爸是世界上最聪明的人。"然后又会在她爹被吹捧得浑身舒坦，得意溢于言表的时候说，"爸爸，你脸都红了吧！"

小孩子的世界很奇妙。我完全不知道她从哪里收集来的各种信息，然后这些信息如何汇集到她的大脑里，又产生了怎样的合成和分解。

有时候觉得她完全是一个大人扮演的小孩，狡黠地做着各种实验，但大多数时候，她确实还是个小娃娃，很多我认为顺理成章的逻辑，在她那里，都会被演绎出让人心生柔软的解释。

她会把海边拾到的贝壳一个一个再埋回沙滩中，说这样它们很快就长大了；夜晚，路过一棵满是鸡蛋花的树，发现花朵合拢了，她说，鸡蛋花胆子很小，夜里就躲起来了。

一次在酒店里，她指着马桶问我："为什么有的马桶聪明，会自己打开、自己冲水，有的就不聪明呢？"我心里想，酒店高级，外面的卫生间不高级呗。但她说："我知道了，是有的马桶还没长大，还是小 baby呢，等它长大了就变聪明了。"

躺在海边编故事，她讲，有个海怪出来了，专门抓没有妈妈的小孩。我自然顺着"有妈的孩子是个宝，没妈的孩子被欺负"的角度去想了，但她的故事画风瞬间转变，海怪把小宝宝都抓走，然后带到有妈妈的地方去了……

# [二]

我时常会觉得，小孩子是上天派来拯救大人的。在成年人待人如物的世界中，只有小孩子，待物如人。而在他们尚且懵懂无知的时候，心里都有一个无比明净的世界。他们凭借上天所赐予的超能力，洞察大人们所有的黯淡、灰色、厌倦、暴躁，知道我们心里的脆弱。但他们实在太弱小，只能通过哭泣、卖萌、笑容、依赖，甚至"滑稽可笑"的童言童语这些点滴做出暗示，像一双无形的手，把我们从现实的泥沼中往外拉扯。但当他们渐渐长大，这些超能力便慢慢消失，随着他们跑入自己的世界，也慢慢松开了紧握我们的手……

一个夜晚，四个月的小叶子躺在我的身旁，月光从窗帘缝隙倾泻进来，在墙上投射出蓝色的光影。她没睡着，也没有哭，安安静静。大而清澈的眼睛也是蓝色的，好像带着一丝笑意，静静地看着我。那一刻，我更坚信了心里的这种臆想，她就是上天派来的那个精灵，而那时候的她，知道我一切的心事。

叶子两岁多的那个冬天，好几次她拉着我和爸爸出去"放宝石"。她拉着我的手，让我坐得靠她近一点，让爸爸也近一点，还有她的布娃娃，互相挤着，坐在一条冷冷的石头台阶上。面对的是冬日早早黑下来的夜色，远处是居民楼上点点的灯火，再远处，是被灯光映衬得模糊不清的天空。

"我要放宝石了！"

说着，叶子的小手伸进口袋，摸索着去掏着并不存在的宝石。嘴里念念有词，每次都要这样，让我们挤着，紧紧靠在一起，才开始放她的宝石。

后来回想起来，那可能是我和爸爸工作上最焦虑、争吵最多的一段时期。

"我要放宝石了！"

她掏出了一颗并不存在的宝石，举起手，小心地展开，嘴里"嗖"的一声。

"快看！"她指向暗淡的夜色，眼睛闪着光。

[三]

小叶子长到三岁多的时候，有一阵子疯狂地爱喝奶。那抱着奶瓶贪婪吸吮的样子，甚至让我觉得她有一种恐惧。仿佛怕长大后会渐渐失去洞察人心的能力，渐渐变成愚不可及的大人，而她那不争气的爸妈依然需要她的拯救。于是，这是她最后一根稻草，只有拼命喝奶，才能延长明澈的婴儿期，延长她法力的期限。

如果不是这样，她怎么能在我心头刚刚掠过一丝不快的时候就立刻跑过来紧紧抱住我？怎能在我不想上班的时候，若无其事地编出一个国山小妹（她幻想中的朋友）的妈妈躲起来的故事？又怎能在我自认为把低落的情绪掩藏得滴水不漏的时候，默默地把她最爱的玩具塞给我，让它陪陪妈妈？

网络上每天都在争辩大是大非，战争、灾难和死亡，工作永远理不清的头绪，家事依然在磕磕绊绊中继续……但我渐渐学会尽量调集身体中所有的感应，与这位上天派来的"小密探"相互感知。

顺着她的手指，可以看到蚂蚁在分享它们的食物，蝴蝶刚刚飞来，而久违的太阳又洒下了金色的光芒。我总是跟着她玩耍，玩儿她发明的游戏，用她的规则和逻辑思考，也渐渐试着放弃那些没必要的暴躁、忧愁、焦虑。而当真的换了一种思考方式和生活状态时，这些，就也自然而然地烟消云散了。

她还在画她的国山小妹的故事，在她自己挑的厚厚的本子上，一页一页地画，然后让我帮她写下她说的情节。但显然，她画得越来越心不在焉，比起国山小妹，她现在更爱公主。她说："国山小妹都长大了，我快抱不动她了。她也不住在咱们家了。"

四岁多的她，爱上了跳芭蕾，对钢琴且爱且恨，关心自己的朋友，关心人的生死，想象着六百年后我们该如何在尘土里互相辨认。那个洞察一切的精灵渐渐走入自己的世界了。

睡前，她又在和我比画着念那首童谣，小手一张一合。


一座小桥平又平

小桥拱起是小山

小山合上是佛手

佛手打开是蜜桃

蜜桃打开是小花

……

然后她酣甜地睡去了，长长的睫毛在脸上投下浅浅的阴影。走到窗前，拉开窗帘，一轮弯月。仔细望去，上面正坐着一个圆脸大眼的小姑娘，戴着皇冠，举着魔法棒，嘴边挂着一丝狡黠的笑。她挥一挥魔法棒，无数星辰抖落。她对凡间太多如我一般时而清醒时而混沌的大人们说："别闹！"

## 成长，是一场漫长的告别

　　小叶子怯生生地看看老师，然后看看我，用细到几乎听不到的声音说："妈妈再见，爸爸再见。"老师拉着她的小手，她拎着有点大的书包，教室的玻璃门关上了。看到她眼睛里瞬间泛起亮闪闪的光，我赶紧拉着爸爸转身离开，自己的眼泪却掉了下来。

　　这是小叶子上幼儿园的第一天。我请了一天年假。之前，纵然有长时间出差，感觉上却从来没有真正分开过，没有把她交到"其他人"手里过。告别，这是第一次。

　　在去上学前，我已经和她一起读过很多描述幼儿园好玩、有趣、新奇的绘本，对此，小叶子是充满憧憬和准备的。我也笃定地相信，她是个内心强大的小孩，这一关，没问题。但万万没想到的是，败下来的不是刚刚三岁的她，却是已经四十岁的我。

坐在咖啡馆的落地窗前，阳光静静地落在身上，四处空荡荡。看看表，刚刚九点半。也不知道小叶子有没有哭。在我心里，她还是那个香香软软的小婴儿，还是不停要抱抱的小宝宝。但瞬间，三年已经过去了。做母亲的，总觉得孩子对自己有着千般的依赖，但当真的松开手，彼此告别时，才发现，流泪不舍的是我，而转身离开的，是她。

英国心理学家希尔维亚·克莱尔在她的著作《挖潜能》里说过，这个世界上所有的爱都以聚合为最终目的，只有一种爱以分离为目的，那就是父母对孩子的爱。上一次这样失落地流泪是在发现自己的母乳越来越少的时候，因为这意味着第一次分离的到来——她从身体上彻彻底底地脱离了母亲，再没有一点依附。

　　然后她会爬了，会走了，从行动上摆脱了约束。但她的小手还一直被紧紧地扣在我的掌心。不管是在花园里玩耍，还是去过门前窄窄的马路，或是飞去上海、成都、东京或曼谷，在我的意识里，她依然是自己身体的一部分，是一步也离不开自己的宝贝。

　　有时候也会想，再过五六年，她就有自己的朋友圈了，有自己的话题、派对和秘密；再过十年，她耳机里听着的音乐就会像一堵墙，隔在两代人之间，无法逾越；再过十五年，是不是还能经常看到她都会是个问题，世界向她展开辽阔天空，而她，是不知会飞向何方的小鸟。

　　电话铃声忽然打破了静寂。我一秒钟就接起了电话，是幼儿园的老师。果然，小叶子一切都好，画画、游戏、玩耍，甚至吃饭的时候还勇敢地向老师多要了一点儿，只是午觉的时候想妈妈掉了几滴眼泪，然后就安静睡着了。一颗心终于归位，时间已经过了下午一点。看看自己面前一小堆纸巾和半杯冷掉的咖啡，不禁觉得好笑。请一天假是对自己一颗很"怂"的心的正确估量，但也感慨，看来，小宝宝脱离妈妈的步伐，比想象的更快。

确实，才一个月，她的话语里就已经频繁出现她好朋友的名字；她唱的歌，早就不是我们熟悉的那些儿歌民谣；有小伙伴开始邀请她去自己的生日派对，她也会明确提出，自己的生日，希望有谁。这个小小娃娃的思维开始有逻辑性了，会告诉你："妈妈，你要多吃点儿，这样冬天才不怕冷。"但就在你一口饭刚放进嘴里的时候，她又极认真地说："可是，吃个大鼓肚儿穿裙子就不好看了。"害得我一口饭，差点喷出。

再然后，她迎来了"公主病"时期。一定要穿 Elsa（迪士尼动画《冰雪奇缘》里的公主）的蓝色裙子，幻想着自己拥有无限的魔法，画画的主题永远都是戴着王冠的公主，吃饭也要缓慢优雅……就在你庆幸她还没有满心满意地要嫁王子时，一天，她忽然和你说："妈妈，我长大了不想结婚，可以吗？"感觉大脑有点短路，但当妈的还没老，一秒钟做出肯定的回答："当然可以！"

三岁生日时，看到"忽然来访的维尼熊"（当然是当妈的安排的），惊喜、尖叫，无与伦比的欢乐。和维尼告别时，伤感、不舍、落泪。很多个夜晚，小叶子趴在耳边悄悄问我，维尼会不会再来？四岁，维尼又来了，她依然开心，和小熊跳舞，没心没肺地大笑，但只是几个月之前，和同学一起去游园回来，她还像发现新大陆一样兴奋地说："妈妈妈妈我在公园里发现，喜羊羊原来是一个有胡子的叔叔扮的！"

也不知道她到底有没有把这些事情相互关联，看到圣诞老人满商场发传单的时候，会不会对故事有所怀疑？我不去捅破这些童话和天真，就让小叶子懵懵懂懂地继续观察这个世界吧。这不，圣诞节前，她已经学会了用歪歪扭扭的单词给圣诞老人写信要一只泰迪熊，并在圣诞节的清晨，说她半夜听到了圣诞老人开窗户的声音。她说："对，圣诞老人就是从客厅窗户爬进来的，他还在这个椅子上坐了一会儿，因为他太累了，他搬椅子的时候碰到了沙发，我全都听见了！"

## 对你严格，先克服我的懒惰

"妈妈，我发明了一种祛傻药。"叶子说，"傻瓜吃一个豆儿，就能变聪明一点点儿。"

"不过，大人得多吃。大人和老人特别容易傻，小孩不太容易，因为小孩每天都在学习。"她继续说。

我抬起头，看着她，问："那我得吃几个豆儿？"

她想了想，问："你几岁？"

"四十二。"

"那就吃四十二个吧。"

眼前这个小孩已经五岁了，真是不可思议。我们可以一起聊天、唱歌，她有很多内心戏给我讲，还有她的种种幻想。五岁的小孩，智力上的增长甚至超过了身体成长的速度，我很庆幸，在这个时候，可以每天与她一起迎接清晨，吃早餐，在门口说再见，看着电梯门慢慢合拢，她的小脸渐渐消失。傍晚，又能在一片昏暗的暮色中猛然惊觉，是她放学的时间了。停下正在打字的双手，点亮房间里所有的灯，等她回来。

很多想要为她做的事，都还没有来得及做，她就已经长大了。我自知是个缺乏母性的人，不会事无巨细地关爱，不会母爱爆棚地奉献，甚至被别人称作叶子妈妈时，还有点儿隐隐的不自在。看着她，经常也会觉得爱她爱得无以复加，但又时刻感到与她有一种微妙的距离，这种距离，拥抱也无法消解，亲吻也不能，这就是两个"人"之间的距离。不可逾越，也不必逾越。

前几天叶子被钢琴老师批评不够用功，于是陪她练琴，只是两行乐谱，反反复复地错。生气，对她严厉，一遍一遍重复。她哭着说，妈妈对不起。其实当时心里是想放弃算了，想抱抱她，但又绷住了。于是想到，小时候觉得父母是天生会逼自己学习的，其实也并不是。父母对孩子的狠，得先过了自己懒惰和放纵的这一关才行。没有人会天生对另一个人有责任感，都是在自我要求和努力的道路上艰难前行的。

这就像在有孩子之前，看狼爸虎妈的故事，会想，我才不会做这么严苛的妈妈。有孩子之后，再看他们的故事，则想，是我真做不到这么严苛啊！

在要求她每天读书、认真做功课的时候，自己就得按时扔掉手机、不看电视，陪伴她一起安静学习；要求她坚持每日练习钢琴的时候，自己也默默地把画画的业余课程修炼了几年，没有落掉一次功课……即使这样，也依然有几十万次想：算了吧，要不要这么辛苦，算了吧，我也真的要坚持不下去了，算了吧，算了吧……

正因为这些真真切切的感受，才更明白，在那些"如狼似虎"的故事里，"严格"的背景是这些父母本身就是极有原则、自律、坚毅，且富有智慧的。可能大多数父母面临的压根儿不是选择严厉还是宽松的问题，而是自己都无法做到"坚持"和"努力克服困难"。

当然，并非每个父母都希望自己的孩子当学霸，拥有世俗意义上成功的光环，人的一生可以有无数选择，怎样都有可能得到幸福和快乐。但我依然希望她在年幼的时候，可以学会认真地做事，可以坚持，并在努力后获得快乐的感受。

米哈里·契克森米哈赖在《心流》中写道："一般人认为，生命中最美好的时光莫过于心无牵挂、感受最敏锐、完全放松的时刻，其实不然。虽然这些时候我们也有可能体会到快乐，但最愉悦的时刻通常在一个人为了某项艰巨的任务而辛苦付出，把体能与智力都发挥到极致的时候。"

对这种极致的追求，目的并非是获得超出常人的成绩，与他人比较，而是不断探索自己的可能性，并不断超越自己，拥有更多挑战自我后的快乐和自信，获得更多选择的机会和能力。

哆哒，二哒，升发，咪嗦……叶子的小手在键盘上敲着。

随着她的长大，越来越觉得自己要付出更多的精力和智力去陪伴与思考。要真的有祛傻药多好啊，给我吃一百个豆儿，给她吃一个就好……

咦？怎么又弹错了？！重来！

## 抱抱曾经的自己

和叶子大发脾气，因为她还是见人不肯打招呼。

她头一低，扭捏地往我身后藏，我脸上顿时觉得尴尬。

你已经六岁了，怎么能还这么没礼貌呢？！

真的很郁闷。小时候她不爱说话，不叫人，都默默消化了，知道不该强迫孩子跟人打招呼，想着大些了，就会好的。可是，已经六岁了……

在闺密群里吐槽。闺密说："你小时候不是也这样吗？"

……

"别说你小时候了，我记得你是大学毕业以后才正式开始说话的对吧……现在还不是个话痨？"闺密继续戳伤口。其实她说的也是。

我小时候有个大人给起的"侮辱性绰号"——小哑巴，见人从来不叫，上了几年幼儿园，也没叫过一次老师……每次见到需要打招呼的人，我都低头后退，不管他们说什么，我都保持沉默。想想那时候，我妈脸上的尴尬可能也堆满了、挂不下了吧！

还清楚地记得，一次家里来了客人，为了避免打招呼，我午睡已经醒了，但一直继续假装睡着。那客人屁股也沉，一直坐到黄昏，还和我妈念叨，这孩子怎么还睡不醒啊？

回想那时候，有些感觉也依稀记得——叫人是件很难为情的事，那种难为情是对字的发音的难为情，比如"阿姨""姑姑""婶子"这些字，怎么那么奇怪呢？此外，当大人的目光齐刷刷地望向我，让我叫人的时候，内心也是充满慌张和恐惧的。记得幼儿园快毕业的时候，我被大人念叨得觉得也有必要叫一次老师，鼓了很久的勇气，走到教室门口，喊了一声"老师好"，但声音小得可能只有我自己听得到……

那时候我妈倒是从没对我发过脾气。只是被旁人念叨很多次，他们不光叫我"小哑巴"，还说我"杵窝子"，这让我见人时内心更加紧张，同时，也生出一股逆反心理——那我干脆就彻底不叫了吧，那又怎样？

童年的记忆似乎第一次被认真梳理，叶子内心的想法，不一定和我一样，但仔细想来，叫人，这种具有社交属性的行为，确实不是每个人都擅长的。你会发现，孩子身上那些让你恨得牙痒痒的弱点，其实也是自己曾经面对的问题。也许这些问题在成长中慢慢被克服了，于是生出一种恨铁不成钢的心——你看我当年如何如何，这又有何难……再或者这些问题一直也没有被突破，反而成了暗藏的不甘心和遗憾，希望孩子可以争气为自己圆梦。但这些往往又都是徒劳的，或异常艰辛的，也只能怪基因作祟。

"当年我不叫人，您是怎么想的？"我又去和自己的妈妈聊了一下，"您当时是怎么教育我的呢？"

老妈说："我当然希望你爱打招呼、开朗又爱说话。但你就是这种性格，有什么办法？见着人的时候也劝你打招呼，但你真都不打招呼，那也就算了，我就跟人家解释一下：她不爱说话。那次家里来客人你还记得吗？你躺在床上明明醒了，还闭着眼假装睡觉。其实我也看出来了，只是不揭穿你而已。"

"啊，原来是这样……"

"那您会不会觉得我很丢人，会不会怕自己被人笑话？"我继续问。

"没觉得会有人笑话。只是怕你受人家欺负。"老妈说。

……

于是，找了轻松的时候，和叶子聊了聊。她居然也怯怯地承认，叫人的称谓很难为情！

我和她说："要不这样，下次你需要跟人打招呼时，可以试试只说'你好'或者'再见'，就两个字。如果觉得也不好意思，就笑一笑，或者摆摆手，都可以，怎么样？"

叶子表示同意。

后来，她也确实这样去做了。有时候做得很好，有时候看得出她想说，但最终依然是一低头就算了……那就算了吧！我也会试着去替她解围，把对方介绍给她，或替她回答对方的问话，再或者，也笑一笑就聊聊其他吧。

经常看着她，画面好像又回到了三十几年前，我手里牵着的这个翻着白眼儿死活不肯说话的小女孩，就是曾经弱小无力的自己。她抠着手指，往妈妈身后躲的时候，是面对着怎样的困境和恐慌啊！然而，经过漫长的岁月，这些当年看似了不得的问题，真的对人生造成了很大的影响和困扰吗？是的，连我亲妈也说，谁想到你后来会变成个话痨？（喂，我现在说我还是不爱说话可能没人信了，但其实依然是这样的呢。）

不如蹲下来，抱一抱当年的那个小孩吧！体谅那种无助的心情，呵护一下曾经年幼的自己。

谁又会知道，若干年后，眼前的小叶子，会不会也成为一个滔滔不绝的话痨呢？

## "熊孩子"还是"熊大人"？

　　网上很多人在讨论"大学生踹四岁女童"事件——一个四岁的"熊孩子"在餐厅里追跑尖叫，一个暴躁的女大学生冲小女孩踹了一脚，然后孩子妈和踹人者便猛烈地厮打起来。另一个热门事件是"公交车男子脚踏殴打扰民男童"。大家的意见无非两种，一种说："该打！没家教的孩子就得被社会教育，家长不教总会有人教你如何在公共场合有正确的举止！"另一些人则愤怒地说："大人打小孩也太混蛋了，谁要敢这么欺负我家孩子，我先就把他给撕了！"

　　看来看去其实不过是一群同样狂躁的人，在穷凶极恶地争论别人的教养问题。争着放狠话，表立场，如果大家也承认网络是公共场合，那这些人其实也是在撒泼的"熊孩子"。至于引发讨论的这些焦点事件，无非就是一个"小熊孩子"遇到了一个长大了的"熊孩子"——小的没礼貌，大的没教养，纯属"熊孩子"火拼，并不能出英雄，也毫无教育意义可言。

其实无论是在有孩子之前，还是之后，对公共场合吵闹的"熊孩子"我都一样反感，这和为人父母的立场无关，而是人的一种基本需求——每个人都有在公共场合不去打扰别人的义务，同样也有不被人打扰的权利。但因为有了孩子，还是会多一些观察和思考，在公共场合的"熊孩子"，很多基于以下两种情况。

第一种，也是绝大多数情况，是家长的教育方式甚至表达方式有极大的问题。一次旅行去京都，电车上来了一家祖孙三代，操着我国南方某省口音，大人嗓门颇大，唧唧呱呱一通喧嚣，接着怀中一岁上下的小男孩就开始尖叫，敲打车窗，不停发出噪声。这些父母长辈管了吗？管了。但他们是这样管的——"啊呀，你不要叫啦，不要叫不要叫不要叫"——实际上，声音比孩子的还大。几个瞬间，孩子其实已经住嘴了，但当孩子安静下来，这些大人又开始大声地逗孩子——"乖乖，哼一个哼一个。"

听着他们在车厢后面一路聒噪，一车人都尴尬沉默着。五岁的小叶子，几度悄悄回头张望。说实话，这种场景，特别绝望。公共场合不得体的孩子，往往是因为有同样不得体的家长，他们自身的举止有失体面而不自知，同时，还自认为一直在管教孩子，但这种"管教"，是完全无效的，管教方式也简单粗暴，毫无智慧可言，只能把孩子往更坏的境地推。

如果你肯耐下心在餐厅观察一番，就会发现，那些聒噪的孩子，基本都会有一个有沟通障碍的家长。这种沟通障碍，一种是对孩子长期的莫不关注，导致孩子负面情绪积累甚多，需求总得不到满足，便以最擅长的哭闹为表达模式。另一种则恰恰相反，关注太多，而且自以为是，并不真的去理解孩子的想法。大人一直絮絮叨叨地问孩子想吃什么，要求孩子擦手、喝水、坐直，不要摔筷子、不要敲碗。孩子刚吃一口米饭，妈妈便塞过来一口青菜，小孩像被一万只嗡嗡叫的苍蝇围绕，估计不管换作谁，若不能掀桌，也只能哭闹了。

我们总是谈很多教育，旁观者粗暴地喊打，当事人跳脚对骂，但这些真的都不是教育。礼法的本质是尊重，一个没有被尊重过的孩子，和一群不知道何为相互尊重的大人，是无法来深入探讨谦恭、隐忍和克制这些词汇的。对于孩子的教育和培养，也并非一个粗鲁的命令就能解决，而是要在为他们着想的基础上，让他们从懵懂的模仿，到能体会出其中的真谛。

说到"为他们着想"，我们就来谈谈另一类所谓的"熊孩子"。这一类孩子的问题可能并不是出在父母的教育或沟通的质量上，而是他们的生理系统"报警"了。在交通工具上感到身体不适的幼童，是无法克制自己的情绪的；在餐厅里陪同大人度过漫长用餐时间的低龄儿童，也根本不可能安安静静地坐两个小时。所谓"为他们着想"，从根本上是要站到他们的角度来思考面临的状况——孩子的身体情况和忍耐程度是否已经适合长途远行？是否有什么方法可以做好预防或提前的训练？既然孩子不能忍受餐厅里的无聊时光，那是否可以缩短用餐时间或选择有户外活动场地的餐厅？有没有方法既尊重他们的年龄特性，又可以满足自己的种种计划？所谓相互尊重，便是孩子和大人同样拥有作为人的权利，要彼此退让取舍，完全迁就任何一方，都是有失偏颇的。

这些说起来似乎也不难理解，但能这样认真替孩子着想的父母不一定很多。你看到的那些安静乖巧、能量被巧妙释放的孩子，多是因为有这样用心的大人在背后支撑。

但即使这些都做到了，也依然不能避免"小动物们"的突发状况。这时候需要的是家长稳住自己的情绪，控制住局面，并寻找损耗最低的方式去解决。而那些被打扰到的人，其实也可以有一些文明人的风度，宽容一个孩子偶发的状况。

还记得那天从京都的电车上下来，我抑制不住地用凶狠的语言抱怨那吵闹了一路的一家人，"真恨不得把他们轰下车去"。小叶子忽然用她幼稚的声音很认真地说："我觉得肯定是那个小弟弟太小了，他可能生病了……"

那一瞬间，一种羞愧感猛烈地袭来，用粗暴的语言去指责别人，又何尝不是另一种失态呢？

## 也给坏情绪找一个出口

"妈妈你都不乖了！我得给你打一针！"

叶子说着翘起食指戳向我的胳膊，嘴里发出"呲"的一声。

这是叶子发明的"乖妈妈针"，只要打了这个针，那个啊啊啊乱叫的曾焱冰就飞到冥王星上去了，只剩下一个可爱的妈妈……

其实我不是总发脾气的妈妈，也不絮叨。但也从没觉得应该做一个完全不发脾气的、永远温柔挂笑的老母亲——那是反人性的，也是不真实的。所以虽然会经常提醒自己要克制，要学会平静地斗智斗勇，但该嚷嚷的时候绝不含糊，必须嚷嚷，嚷嚷过分了也会道歉，也会解释自己的情绪和心情。

日子不就是这样正正常常地过吗？

但有一次，叶子耍脾气，我对着她大声训斥道："你不可以这样乱发脾气！发脾气给谁看？！"叶子满脸眼泪，倔强地扬起小脸大声说："你不让我发脾气，凭什么你对我发脾气！"

那真的是一剂狠针，直接戳到了我的哑穴。

说的没错，既然我觉得自己发飙总是合情合理可以原谅的，那她也有这种发泄的权利。我可以为自己的愤怒找一万个合理的理由——她作业做得不好、磨磨蹭蹭、不认真吃饭、不想练琴……她的理由呢，也会有一万个，但说出来只是很委屈的——"妈妈你不可爱了，不乖了。"

这让我想起曾看到过的一篇美国作家研究夫妻关系的文章，他说很多人认为"沟通"是夫妻间第一重要的事，还有诸如"共同成长"啊，"包容"啊等等美德，但其实这些都不是，关系良好最基础的核心是互相的"尊重"。

这种尊重，是一个人对另一个人的尊重。也就是说，你对你的上司如何、同事如何、朋友如何，对一个陌生人如何，抛去关系产生的复杂情感外，很大成分是由人受的教育、教养和社会属性而生成的一种有底线、有敬畏的关系。同样，对自己的丈夫或妻子也应该有这种最基本的尊重底线，不能因为是一家人就去冒犯、去挑战。同样，在亲子关系中，也是一样的。父母和孩子的关系，最核心的深处，也是人与另一个人的关系，而不是父子、母子或掌控与被掌控的关系。

既然认识到这点，在情绪输出这件事上，孩子和大人也是平等的。大家同样拥有开心、愤怒的天然权利，在表达时，也一样要学会去克制去梳理，先做一个能管理自己情绪的人，才能进一步去照顾他人的情绪。

所以每当叶子翘起食指戳向我的胳膊，嘴里发出"呲"的一声时，我尽量配合着收起坏脾气，露出一个滑稽而甜蜜的笑容。我们这一劫，就算烟消云散了。她往往会得寸进尺，再戳一针，说："妈妈再甜一点儿再甜一点儿……"

反过来，我也会用她的游戏来"戳"她。乖宝宝针往往也有疗效，小魔王会变回甜心。但也有失灵的时候。我一针下去，她大叫："不管用啦！不管用啦！乖宝宝针过期啦！"

## 我的时间和她的时间

周末，是不得不停下来的时候。靠在公园儿童游乐场的长椅上，晒着太阳，眯着眼。有风，天上的云在游走。小叶子正坐在一条翠绿的"毛毛虫"里疯狂旋转，每当她穿过一个苹果洞出现在我面前时，我们都热烈地相互挥手，挤眉弄眼。

她的时间是一分一秒、滴答作响的，有表情，有温度，有情绪。而我的时间，没有轮廓，充满嘈杂，界限模糊且流逝飞速。

其实年少和年长的区分，也恰在于此。

小时候，时间是挥霍着过的。记忆中的夏天永远不会结束，冬日缓慢悠长。读书，写字，玩乐，好像耳边总伴有滴答滴答的声音，慢腾腾的，让人好不耐烦。骨骼、肌肉和思想在时光中抽枝，发叶，开花，而汩汩灌溉的，便是彼时无尽的阳光和漫长的时日。

年轻时虽然忙碌，为工作奔波，为情感消耗，但依然可以挥霍时光。那些不醉不归的夜晚，肆意玩耍的时日，那些无穷无尽的狂欢，拼命努力的工作，是透支的身体和青春。没有负担和顾虑，只有尽情与尽兴。

然后忽然有一天，才开始感到时光的吝啬。全世界都在向你掠夺——你不再有随意装病消磨掉的一天，不敢轻易喝醉，因为宿醉需要三天难受的代价偿还，也不再有清晨镜前发呆的一小时，晚饭后随意瘫倒的一整夜——你要陪小孩子读 ABCDEFG，有时它们又念"啊玻雌得鹅佛哥"，你要看着她画画、弹琴，要给她讲故事，陪她睡觉，即使想读书也只能排到午夜之后。手机从一个电话会转接到另一个六十秒语音留言，脚步从首都机场走到上海虹桥、走到东京成田、走到斯德哥尔摩阿兰达机场……

你再也不想去混生人的聚会，去逛没目的的商场；时光不再是需要想方设法杀掉的怪兽，而成了细心呵护的奢侈品和用力维护的私人领域。但同时你也很清楚，外在的掠夺终归还是可控，真正的掠夺，其实来自自己的内心。

年过四十，时光有了洞，呼啸着不知奔向何方，于是想将其幻化出更多的愿望，弥补更多的失望。在匆忙中，希望换回一些从容，在喧闹里，还能给自己的孤独留一个独处的角落。

在人与时光的纠缠和争夺中，在愿望数量与脚步速度的比例中，时不时就会感到一种颓丧与无力。即使你已经懂得了所有舍与得的道理，知道掌控时间的手段和秘密，也清楚欲望与好的生活之间的配比，但依然逃不开那些心慌和焦躁的瞬间袭来。而每当这种时刻，能把我拉回来的，总是与小叶子一起沉浸在她"缓慢"时光中的时刻。

她一个键一个键地弹着《三只瞎老鼠》，节拍器滴答滴答地敲打。坐在她身旁，看着五岁的时光从头顶飘过，踩着拍子，不急不缓。她坐在疯狂旋转的"毛毛虫"里，尖叫声伴随着公园大喇叭放出的"你是我的小呀小苹果儿"，一圈一圈地冲击着午后的空气，在被迫的无所事事中，好像又穿越回了那一种时光，充沛丰盈，缓慢安详。

这时候，可以感受到春天已经来临，泥土和草的芳香飘过，沁人心脾，空气中有细细的花粉气息，一种惬意的酥麻之感，向身体里倾注暖意。孩子的力量经常充满胁迫性，她的存在让你不得不妥协于对她的责任和爱。但这种被迫与妥协，又何尝不是他们对你的一种强行救赎呢？

她就像游乐场的那张门票，而你其实是坐在"毛毛虫"过山车上的那个小孩，再疯狂的节奏，也有被她的哨声勒令停下的一刻，不管你在上面意犹未尽，还是已经魂飞魄散，停下，是的，必须停下了。

[ 全文完 ]

*You're
the Best Thing*

*That Ever*

*Happened
to Me*

# 你是这世间所有的美妙

作者 _ 曾焱冰

产品经理 _ 曹曼 邵蕊蕊　装帧设计 _ 张一一　产品总监 _ 曹曼

技术编辑 _ 陈鸽　执行印制 _ 刘淼　出品人 _ 于桐

营销团队 _ 阮班欢 李佳 闫冠宇　物料设计 _ 孙莹

果麦

www.guomai.cc

以 微 小 的 力 量 推 动 文 明

**图书在版编目（CIP）数据**

你是这世间所有的美妙 / 曾焱冰著. -- 天津 ：天津人民出版社，2022.6

ISBN 978-7-201-18188-2

Ⅰ. ①你… Ⅱ. ①曾… Ⅲ. ①随笔－作品集－中国－当代 Ⅳ. ①I267.1

中国版本图书馆CIP数据核字(2022)第011820号

# 你是这世间所有的美妙
NI SHI ZHE SHIJIAN SUOYOU DE MEIMIAO

| | |
|---|---|
| 出　　　版 | 天津人民出版社 |
| 出 版 人 | 刘　庆 |
| 地　　　址 | 天津市和平区西康路 35 号康岳大厦 |
| 邮 政 编 码 | 300051 |
| 邮 购 电 话 | 022-23332469 |
| 电 子 信 箱 | reader@tjrmcbs.com |

| | |
|---|---|
| 责 任 编 辑 | 康悦怡 |
| 产 品 经 理 | 曹　曼 |
| | 邵蕊蕊 |
| 封 面 设 计 | 张一一 |

| | |
|---|---|
| 制 版 印 刷 | 河北鹏润印刷有限公司 |
| 经　　　销 | 新华书店 |
| 开　　　本 | 787 毫米 × 1092 毫米　　1/32 |
| 印　　　张 | 7.5 |
| 印　　　数 | 1-9,000 |
| 字　　　数 | 92 千字 |
| 版次印次 | 2022 年 6 月第 1 版　2022 年 6 月第 1 次印刷 |
| 定　　　价 | 68.00 元 |